Biblioteca Carlos Fuentes

Todas las familias felices

La región más transparente

La muerte de Artemio Cruz

La frontera de cristal

Los años con Laura Díaz

La Silla del Águila

El espejo enterrado

Gringo viejo

Cristóbal Nonato

Cantar de ciegos

Agua quemada

Las buenas conciencias

Tiempo mexicano

Cambio de piel

Diana o la cazadora solitaria

La cabeza de la hidra

Contemporánea

Carlos Fuentes (1928-2012). Connotado intelectual y uno de los principales exponentes de la narrativa mexicana, cuya vasta obra incluye novela, cuento, teatro y ensayo. En ella destacan *La región más transparente* (1958), *Aura* (1962), *La muerte de Artemio Cruz* (1962), *Cambio de piel* (1967), *Terra Nostra* (1975), *Gringo viejo* (1985), *Cristóbal Nonato* (1987), *Diana o la cazadora solitaria* (1994), *Los años con Laura Díaz* (1999), *En esto creo* (2002), *Todas las familias felices* (2006), *La voluntad y la fortuna* (2008), *Adán en Edén* (2009), *Carolina Grau* (2010), *La gran novela latinoamericana* (2011) y *Personas* (2012). De manera póstuma, se publicaron en Alfaguara *Federico en su balcón* (2012), *Pantallas de plata* (2014) y, en coedición con el Fondo de Cultura Económica, *Aquiles o El guerrillero y el asesino* (2016). Recibió numerosos premios, entre ellos: Premio Biblioteca Breve por *Cambio de piel*, 1967; Premio Xavier Villaurrutia, 1976, y Premio Rómulo Gallegos, 1977, por *Terra Nostra*; Premio Internacional Alfonso Reyes, 1979; Premio Nacional de Ciencias y Artes en Lingüística y Literatura, 1984; Premio Cervantes, 1987; Premio Príncipe de Asturias, 1994; Premio Internacional Grinzane Cavour, 1994; Legión de Honor del Gobierno Francés, 2003; Premio Roger Caillois, 2003; Premio Real Academia Española en 2004 por *En esto creo*; Gran Cruz de la Orden de Isabel la Católica, 2008; Premio Internacional Don Quijote de la Mancha, 2008, y Premio Formentor de las Letras, 2011.

Carlos Fuentes

Adán en Edén

Biblioteca Carlos Fuentes

DEBOLS!LLO

Adán en Edén

Primera edición en Debolsillo: agosto, 2023

D. R. © 2009, Carlos Fuentes y Herederos de Carlos Fuentes

D. R. © 2023, derechos de edición mundiales en lengua castellana:
Penguin Random House Grupo Editorial, S. A. de C. V.
Blvd. Miguel de Cervantes Saavedra núm. 301, 1er piso,
colonia Granada, alcaldía Miguel Hidalgo, C. P. 11520,
Ciudad de México

penguinlibros.com

Diseño de portada: Penguin Random House / Laura Velasco
Imágenes de portada: Fernando Ruiz Zaragoza
Fotografía del autor: ©Archivo personal de Silvia Lemus

ISBN: 978-607-383-011-9

Impreso en México – *Printed in Mexico*

A Francisco Toledo, gracias
por la memoria de ochenta elefantes.

¿Acaso te pedí, Hacedor, que de la arcilla
me hicieras hombre, acaso te pedí que de la
oscuridad me ascendieras?

MILTON, *Paraíso perdido*

No entiendo lo que ha sucedido. La Navidad pasada todos me sonreían, me traían regalos, me felicitaban, me auguraban un nuevo año —un año más— de éxitos, satisfacciones, reconocimientos. A mi esposa le hacían caravanas como diciéndole qué suertuda, estar casada con un hombre así... Hoy me pregunto qué significa ser "un hombre así..." o "asado". Más asado que así. ¿Fue el año que terminó una ilusión de mi memoria? ¿Realmente ocurrió lo que ocurrió? No quiero saberlo. Lo único que deseo es regresar a la Navidad del año anterior, anuncio familiar, repetido, reconfortante en su sencillez misma (en su idiotez intrínseca) como profecía de doce meses venideros que no serían tan gratificantes como la Noche Buena porque no serían, por fortuna, tan bobos y malditos como la Navidad, la fiesta decembrina que celebramos porque sí, no faltaba más, sin saber por qué, por costumbre, porque somos cristianos, somos mexicanos, guerra, guerra contra Lucifer, porque en México hasta los ateos son católicos, porque mil años de iconografía nos ponen de rodillas ante el Retablo de Belén aunque le demos la espalda al Establishment del Vaticano. La Navidad nos devuelve a los orígenes humildes de la fe. Una vez, otra vez, ser cristiano significaba ser perseguido, esconderse, huir. Herejía. Manera heroica de escoger. Ahora, pobre época, ser ateo no escandaliza a nadie. Nada escandaliza. Nadie se escandaliza. ¿Y si yo, Adán Gorozpe, en este momento derrumbo de un puñetazo el arbolito navideño, hago que se estrellen las estrellas, le coloco una corona en la cabeza a mi mujer Priscila Holguín y corro a mis invitados con lo que antes se llamaba (¿que quiere decir?) *cajas destempladas...*?

¿Por qué no lo hago? ¿Por qué me sigo conduciendo con la amabilidad que todos esperan de mí? ¿Por qué sigo comportándome como el perfecto anfitrión que Navidad tras Navidad reúne a sus amigos y colaboradores, les da de comer y beber, le entrega regalos distintos a cada uno —jamás dos veces la misma corbata, el mismo pañuelo— aunque mi mujer insiste en que esta es la mejor época para el "roperazo", es decir, para deshacerse de regalos inútiles, feos o repetidos que nos son entregados para endilgárselos a quienes, a su vez, los regalan a otros incautos que se los encajan a...

Contemplo la pequeña montaña de obsequios al pie del árbol. Me invade un temor. Devolverle a un colaborador el regalo que éste me hizo hace dos, tres, cuatro Navidades... Me basta pensarlo para suprimir mis temores anticipados. No estoy aún en el Año Nuevo. Sigo en la Noche Buena. Me rodea mi familia. Mi esposa inocente sonríe, con su sonrisa más vanidosa. Las criadas distribuyen ponches. Mi suegro ofrece una bandeja de bizcochos.

No debo adelantarme. Hoy todo es bueno, lo malo aún no sucede.

Distraído, miro por la ventana.

Pasa un cometa.

Y Priscila mi esposa le da una sonora cachetada a la criada que distribuye cocteles.

Pasa, una vez más, un cometa. Me invade una gran duda. Este astro luminoso, ¿es precedido por su propia luz o sólo la anuncia? ¿La luz anticipa o finaliza, es presagio de nacimiento o de defunción? Creo que es el sol, astro mayor, quien determina si el cometa es un *antes* o un *después*. Es decir: el sol es el dueño del juego, los cometas son partículas, coro, *extras* del universo. Y sin embargo, al sol nos acostumbramos y sólo su ausencia —el eclipse— nos llama la atención. Pensamos en el sol cuando no vemos el sol. Los cometas, en cambio, son como chisguetes del sol, animales emisarios, ancilares al sol, y a pesar de todo, prueba de la existencia del sol: sin los esclavos no existe el amo. El amo requiere siervos para probar su propia vida. Si no lo sabré yo que, abogado y empresario moderno, doy fe de mi ser y de mi estar cinco veces a la semana (sábados y domingos son días feriados) tomando mi lugar a la cabeza de la mesa de negocios, con mis subordinados muy subordinados aunque yo me comporte como un jefe moderno, nada arbitrario: un sol que quiere calentar pero no incendiar. Y a pesar de todo, ¿no es cierto que sólo soy el jefe porque ellos aceptan que lo sea?, ¿son los cometas los que nos hacen pensar en el sol?, ¿los segundos le dan vida al primero? No sé si todo hombre en mi posición piensa en estas cosas. No lo creo. Por lo común el poderoso da por descontado su poder, como si hubiera nacido no desnudo sino coronado, envuelto en riqueza. Miro a mis empleados sentados alrededor de la mesa y quisiera preguntarles, ¿soy el sol?, o ¿soy el solo? ¿Tengo poder por mí mismo o porque ustedes me lo dan? Sin ustedes, ¿carecería de poder? ¿Los poderosos son ustedes que me confieren poder o yo el que lo ejerce?

El cometa del día de hoy es cometa porque es visible. ¿Cuántos astros, cada día, circulan por los cielos sin que nos demos cuenta? ¿Somos astros barbatos, una luz que precede, o astros caudatos, luminosidad que sucede? Si yo fuese un cometa, ¿cómo sería mi cola? ¿Difusa, en ramales que se disparan cada uno por su lado? ¿Corniforme, un abogado presidente de empresa con cola encorvada? ¿Inesperado o periódico —un astro singular e inimaginable hasta que aparece, o un cometa predecible y en consecuencia aburrido, o sea, poco cometa?

El tiempo —o sea, esta narración— lo dirá.

¿Son los sábados, los domingos, en realidad, días *feriados*? Y feria ¿es sólo día de descanso, o agitado día de compraventas?

Este día no lo diré —o espero no decirlo— sino presidiendo el Consejo de Administración, dándome el lujo —determinado, voluntarioso— de ser el único que cuelga la pierna encima del brazo de la silla y la mueve con displicencia. A ver, ¿quién más se atreve?

Y yo mismo, ¿me atrevo a explicarme a mí mismo la razón de mi éxito?

¿Por qué me casé con ella? Sitúense y sitúenme. Yo empezaba mi carrera. Era un pasante de Derecho. Aún me faltaba presentar la tesis, recibir el título. Yo no era, estrictamente hablando, nadie.

Ella, en cambio...

La veía retratada en la prensa todos los días. Era la Reina de la Primavera, paseaba a lo largo de la Reforma en un coche alegórico (ante la indiferencia, es cierto, de los peatones). Era la princesa del Carnaval de Mazatlán (antes de pasar al princesado gemelo de Veracruz). Era la madrina de la Cervecería Tezozómoc en beneficio de los asilos de ancianos. Inauguraba tiendas, cines, carreteras, spas, iglesias, cantinas... y no porque fuera la más bonita.

Priscila Holguín era, apenas, lo que se llama "bonitilla". Su carita redonda era redimida por el brillo de los ojillos inocentes, la limpieza colgática de la dentadura, los hoyuelos de las mejillas, sus ricitos de Shirley Temple, la diminuta nariz que no reclamaba urgencias quirúrgicas. Era lo que entre nosotros se llama "una monada"; no una belleza llamativa a lo María Félix o Dolores del Río pero tampoco fea como tantas mujeres chaparras, prietas, gordas, redundantes, seriamente buenas o perversamente malas, desprovistas de la grande y rara perfección de las mestizas arriba mencionadas y destinadas a ser novias (de jóvenes) y, con suerte, tolerables matriarcas (de viejas). Las canas ennoblecen.

Priscila Holguín representaba, así, el justo medio. De fea no tenía nada. De belleza, muy poco. Era lo que se llama *agraciada*. Su aspecto no ofendía a las feas ni rivalizaba con las hermosas. Era, por así decirlo, la novia ideal. A nadie amenazaba. Y esta ausencia de peligro la hacía más atractiva que las devoradoras fatales o los tamales sin chile.

Además, su gracia consistía no sólo en reinar sobre las ceremonias dispensables, sino que, como si sospechase la inutilidad de su monarquía, la adornaba con canciones. Y así, tras la coronación como Reina de Tal o Princesa de Tal Cual, ella remataba con alguna frasecilla musical, "miénteme más, que me hace tu maldad feliz", o "allá en el rancho grande, allá donde vivía" o "no hay porteros ni vecinos" o "junto al lago azul de Ipacaraí".

Nada de esto venía a cuento, pero todos esperaban la rúbrica de Priscila, como si ella requiriese la cancioncilla final para demostrar algo: que su reinado no se reducía a la belleza (discutida, sosa), sino que era recompensa a un talento (cantar letrillas de música popular). O quizá al revés: Priscila era ante todo cantante, su corona un accidente, una especie de sobresueldo a su arte. O al revés: la cancioncilla compensaba la falta de una belleza realmente llamativa —en el sentido o los sentidos de llana flama o llamar atención—.

No en balde —yo leía, yo reía— la cortejaban los muchachos más ricos de la ciudad. Los herederos de los capitanes de industria. Los caritas. Los rolleros. Los que manejan Maseratis. ¿No era Priscila la acompañante constante del automóvil sport descapotable, del yate acapulqueño, de la barrera de primera fila taurina? ¿No era, en suma, inaccesible, más allá de las páginas de sociales de *Club Reforma*? ¿Cómo llegar a ella directa, físicamente, sin la intermediación protocolaria?

La vi anunciada un día como madrina del Salón del Automóvil. Todas las grandes marcas europeas y japonesas competían (las americanas no: han sido desplazadas para siempre al escollo del todoterreno). Mercedes Benz, Audi, Alfa Romeo, Citroën, BMW: entré al Salón con cardillo, entre la profusión de metales relumbrantes, carrocerías lujosas, fanales expectantes y ruedas de reluciente caucho negro boleado, y mi azaroso temor de que ninguna de estas marcas podría rodar con impunidad por la ciudad de México sin exponerse al bache, la mentada de madre, el rayón gratuito, acaso el asalto, la destrucción vengativa, ¿por qué tú sí y yo no, cabrón?

Supe en ese instante que debía despojarme de todo asomo del rencor propio del que nada o poco tiene ante los que mucho tienen porque pocos son.

¿Puede un coche de lujo provocar una revolución? ¿Que coman pastel? ¿Que manejen Maserati? No quise poner mis sospechas a prueba. Más bien, entrando a la exhibición que inauguraría la Emperatriz del Volante (*a.k.a.* Priscila Holguín), me repetí el refrán que dice: "Rollero mata carita y Maserati mata rollero".

Los galanes de Priscila —C-R-M: caritas, rolleros, Maseratis— la rodeaban como para confirmar que ella sería de todos o no sería de nadie. Intuí esta situación de inmediato. La corte de galanes la rodeaba no porque era ella sino por lo que ella representaba: era una marca más, Priscila Maserati o Priscila Corn-Flakes o Priscila Coca-Cola. Acercarse a ella era aproximarse a un prestigio reconocido, no a un ser luminoso. Si la invitaban a salir, era para lucirse ellos —caritas, rolleros, Maseratis—, no para enamorarla. Aquel al que ella elegía para salir recibía el premio, era fotografiado con la Reina, Princesa y Madrina; nunca volvería a verla, porque bastaba una vez para darle al galán el prestigio de haber salido con Priscila, y Priscila no salía dos veces con el mismo muchacho, no fueran a creer que la cosa era de a devis, novia, esposa, niguas. Priscila —la vi, la entendí— tenía que ser joven, soltera, disponible, pero nunca pareja de nadie porque ser pareja de alguien significaba excluir a todos los demás pretendientes, dejarlos sin esperar ser algo más que C-R-M para convertirse en nuevo aspirante, novio, marido y sacrificar, así, a todos los demás muchachos que, *mirabile dictum*, reciben la recompensa que tendría el galán por haber salido y sido visto con la Reina de la etcétera. De manera —imaginé e imaginé bien— que Priscila Holguín al fin era el anzuelo que le daba la aureola de una atracción irresistible a quien saliese con ella, preparándolo para escoger con patronazgo infinito y un grano de desdén a la muchacha que sería, pues, la compañera de su vida, la madre de sus hijos, la vencedora pírrica contra la Princesa de Princesas.

Entré al Salón del Auto. Vi a Priscila tal como era. Una invención publicitaria. Una muchacha que no ponía en peligro a la novia o esposa eventual de los galanes que la asediaban en torno a un Cadillac de museo. Ahí pasé entre mis competidores —así los juzgué en ese momento—. Llegué hasta Priscila, la tomé de la mano y le dije:

—Vámonos. Te invito un café en Sanborns.

Como de costumbre, me reuní con mis colaboradores el día después de la Fiesta de Reyes. En pocos países se celebra hoy la Epifanía: el arribo a Belén de Gaspar, Melchor y Baltasar repartiendo regalos para el niño Dios acabado de nacer. Supongo que en México recordamos a los Magos para cerrar con ceremonia nuestra verdadera, única vacación, que va de las posadas de mediados de diciembre a la Navidad y Año Nuevo y los Reyes Magos. Sí, luego inventamos fiestecita por aquí y fiestecita por allá, que si la Candelaria en febrero, que si don Benito Juárez y el petróleo en marzo, que si más de lo mismo en abril y luego las mamacitas en mayo, etcétera. Siempre existe el consuelo de que los españoles tienen más santos, y por lo tanto más fiestas, que los mexicanos. Ellos empezaron antes que nosotros. Nosotros nomás tratamos de alcanzarlos. Y eso que no apelamos a los dioses aztecas. ¿San Huichilobos?

Pero me desvío del asunto, empolainado por la idea del festejo, y por algo será. Su pobre narrador —ese sería yo— poco tiene que celebrar este 6 de enero, cuando entra a la sala de acuerdos a tratar los asuntos de máxima importancia con sus colaboradores; los conoce intensamente, él no escoge a desconocidos, él quiere que todo su equipo sea confiable y no sólo, como dicen las malas lenguas, inferior al jefe, que soy yo, como si un hombre —o mujer— superior a mí pudiese, en algo, en lo menos, disminuir la idea que me hago de mí mismo y no es presunción: mi carrera demuestra que cuanto tengo lo he logrado con mi esfuerzo personal, lo cual ahora me da el derecho de nombrar a quien se me antoje como próximo colaborador.

¿Que son dóciles, que son mansos? Eso dicen las malas lenguas. ¿Que no soporto a nadie superior a mí en mi inmediato círculo de colaboradores? Eso dicen quienes se han quedado fuera de lo que un columnista (pagado por mí, ok) ha llamado "el círculo mágico que rodea a Adán Gorozpe".

Pues bien. Hoy entro a la Sala del Consejo mirando mi reloj, apremiado y tranquilo a la vez (es mi secreto), sin dirigirle la mirada a nadie. El asistente (¿quién es?, no lo veo) me aparta el sillón. Tomo asiento. Clavo la mirada en los expedientes. Reviso los papeles (dándome el gusto de saber que todos están en blanco y que ¡el mundo se engaña!). Me quito los anteojos, los limpio con un kleenex salido de la caja puesta a mi izquierda (¿los mocos a la izquierda?, pienso con sarcasmo), me coloco los lentes y por fin levanto los ojos para prestarles atención a los once consejeros —doce no, yo sería el número trece y los redentores terminan crucificados, me digo este día en que reanudo el trabajo reposado, alerta, tostado por el sol del Caribe, antes de levantar la mirada no más vacacional.

Los once colaboradores traen puestos anteojos negros.

No me miran.

O me miran oscurito.

Once pares de anteojos de sol.

—No es para tanto —bromeo—. En Cancún estaba nublado.

Mi broma no obtiene respuesta.

Veintidós cristales oscuritos me miran.

Sin piedad.

¿Qué ha ocurrido?

Cuando las cosas me salen mal, como hoy 6 de enero, me refugio evocando a mi suegro don Celestino Holguín, recordado (y olvidado) como el Rey del Bizcocho y padre, ya lo saben, de la Reina de la Primavera mi esposa (como ya les conté). Entre la Primavera y el Bizcocho media lo que entre el cruel invierno y la Virgen de Guadalupe: el milagro.

Desde que lo conocí, me hice cruces admirando la manera como don Celestino levantó su fortuna sobre un montón de pan azucarado. Dicen que no sólo de pan vive el hombre, pero mi suegro desmiente el dicho: él vivió del pan y nos heredó sus bolillos a sus hijos y a mí, su temprano yerno. La maldición con que Dios expulsó a Adán y a Eva del Paraíso —"Ganarán el pan con el sudor de su frente"— la convirtió don Celes en bendición, más en un país como México que se ufana de la variedad y exquisitez de sus panes, en dura competencia con Francia y el centro de Europa, donde, sin embargo, ninguna panadería produce artículos tan bellos y variados como el bolillo, la telera, el alamar, las orejas, la chilindrina, la concha y la novia (no es albur), la campechana y el polvorón, las banderillas de un tono azucarado… Paradoja: en un país de pobres, la cocina es rica. Empezando por el desayuno: huevos rancheros y huevos divorciados, tamales y enfrijoladas, chilaquiles y enchiladas, quesadillas y sopes, antecedidos por papayas y naranjas, chicozapote (o zapote negro), sandías y melones, mamey (entre rosa y naranja), plátanos (jamaica, manzano, macho y dominico), guanábana (blanca con semillas negras) y tunas (verdes como la envidia).

Es como para llegar a la conclusión de que México es un país pobre porque ha perdido demasiado tiempo preparando comidas suntuosas y horas muy largas comiéndolas.

—Miren a los gringos —adoctrino a mi desagradecido Consejo cuando me piden dos horas para almorzar—. Los gringos comen de pie al mediodía, como caballos, rápido y vámonos… (pausa) y lo que comen a las seis de la tarde (lo llaman "cena") es lechuga con dulce de fresa, pollo seco y jalea de colores (postre).

—¿Quiere que traigamos nuestro lonch a la oficina, señor? —pregunta un atrevido.

Yo sonrío con benevolencia:

—Ni eso, compadre. Échese un buen desayuno de frijoles y empanadas para que no le gruñan las tripas.

Todos ríen.

O todos reían.

Nadie como mi suegro. Yo creo que su ocupación panadera le daba un gusto tan grande como un pastel de bodas. Él, don Celes, se sabía protegido, legitimado por la orden bíblica —"ganarás el pan etcétera"— que para él fue una bendición más que un consejo.

—¿A que Jehová no dijo ganarás los filetes o ganarás el omelette o ganarás el salpicón o ganarás el consomé con el…?

—¿Sudor de tu frente? —yo intentaba interrumpir su catarata de opciones bíblicas.

—Eso mero —me daba la razón don Celes, casi aprobando mi lucidez y congratulándose de que la niña Priscila hubiese escogido a un marido tan a todo dar como yo, en quien don Celes podía delegar el mando y pasar visiblemente de la panificación a actividades acaso menos necesarias aunque más lucrativas.

—Te llaman Adán, Adán te llamas —elaboraba mi suegro—. O sea que llevas el nombre del primer hombre que, en vez de vivir como desocupado en el Edén, debió ganarse el pan, *ganarse el pan*, ¿me entienden todos?, con el sudor de su frente.

Y volviéndose a su hija:

—Qué bien escogiste, Priscila. Quién iba a decirnos que este muerto de hambre con el que te casaste sería mil veces más rico que su suegro, yo, y todo con el sudor de su frente.

—Ay papá, el pan no suda —comenta la inconsciente Priscila antes de recibir un jugo de sandía de manos de la criada, a la que le agradece con una cachetada.

Pero don Celes ya volteó el norte de su atención al otro comensal, su hijo Abelardo.

—A ver, Abelardo, ¿por qué no eres como tu cuñado? ¿Por qué no lo imitas *tantito*, eh?

El aludido era un muchacho serio y distinto por el cual yo sentí un respeto inmediato. Admito ahora, cuando llegó el momento de ser sinceros, que nadie más en la familia Holguín, ni mi mujer ni su padre ni su difunta mamacita que Dios guarde, me inspiraba tanto respeto como este chico callado, impermeable a las voracidades verbales de su padre o la ridiculez ínclita de su hermana. Pasa en las mejores familias. Hay siempre un ser excepcional del que uno se pregunta, y éste, ¿de dónde salió? Porque no de su padre o su hermana o su difunta etcétera, la mamacita cuya recámara era preservada como una especie de memorial de la cursilería, dado que la etcétera amaba el color rosa, todo en su habitación era de ese tono —cortinas, paredes, cama, almohadas, tapetes, colchas, sillones y hasta el espejo de tintes rosados, como para devolverle la autoestima a doña Rosenda, si es que alguna vez (lo dudo) la perdió—. Sólo un detalle —una camelia blanca en un florero— desentonaba con la sinfonía rosácea. Además de un bidet de fierro hecho para resistir toda clase de embates.

—Es que ella era una romántica —decía don Celes, sin explicar nada más, como dogma para su seguro servidor que soy yo, se entiende, de las virtudes de la casa que le hacía —me hacía— el honor de aceptarme en su seno.

Para no añadir que el baño también era color de rosa. Incluyendo el papel higiénico y —lo comprobé al jalar la cadena rosa— el agua misma. Todo, salvo ese singular bidet de fierro. Y doña Rosenda, antes de morir, se pintó el pelo prematuramente de rubia natural.

Convencido de que la familia Holguín pertenecía a un tipo de excentricidad insulsa y convencional, me llamaba la atención el joven Abelardo, que no era ni una cosa ni la otra; aunque, eso sí, excéntrico con respecto a su familia. Alto, delgado, callado, parecía de otra especie. No pertenecía a los Holguín.

—¿Lo adoptaron? —le dije un día en son de guasa a Priscila.

—¡Grosero! —me increpó—. ¡Malhablado! ¡Malnacido! ¡Han nacido en mi rancho dos arbolitos!

Traté de asociar estos insultos arbóreos a mi pregunta y no hallé relación alguna. Así era Priscila. Para ella no había causa y efecto. Nunca. Para nada. Por eso no teníamos hijos.

—Adoro tu barriguita —le dije con muchísimo cariño—. Quiero que crezca y crezca.

—¿Panzona? —se enfureció—. ¿Me prefieres panzona? ¿Eso quieres, monstruo? ¿Verme deforme, abúlico?

—No, eso no es deformidad, ¿sabes?

—¿Ah sí?, ¿entonces? ¿Qué cosa es perder la silueta? ¿Sabes quién me dio la silueta? Dios Nuestro Señor, y sólo él me la quita…

—El día de tu muerte —dije sin mala intención.

—¡Ah! ¡Con que eso quieres! ¡Matarme! ¡Canalla! ¡Insípido!

—No dije que…

—Engordarme como globo de feria hasta que estalle, ¡cobarde!, ¡insensato!, ¡lambiscón!, ¡allá en el rancho grande!

Como ya he dicho, las expresiones de Priscila casi siempre se daban fuera de contexto.

No, no me negaba "sus favores". Pero los guarecía con tales prevenciones que al cabo yo perdía no sólo la pasión sino hasta el gusto. Por fortuna, todo pasaba a oscuras. Priscila nunca vio mi sexo. ¡Mejor así! Yo nunca vi el suyo. ¡Peor tantito!

—Apaga la luz.

—Está bien.

—No me mires.

—¿Cómo te voy a mirar? Está muy oscuro.

—Tócame con misericordia.

—¿Y eso qué significa?

—Toca mis escapularios.

—No tienes.

—Tonto.

—Ah.

Lo malo del asunto es que *sí* tenía escapularios donde *no* debía tenerlos, de tal suerte que mis acercamientos físicos empezaron a parecerme sacrilegios imperdonables. ¿Cómo acariciar al Sagrado Corazón de Jesús? ¿Cómo chuparle los senos (o lo que fuese) al Santo Señor de las Congojas? ¿Cómo penetrar, en fin, al Santo de los Santos cubierto por el Velo de la Verónica? Tentación, esta última, de sutileza escasamente atribuible a Priscila, que acaso desconocía el negro pasado de la Verónica, ya que la confundía con la Magdalena, creía que ambas eran hermanas del Señor, regeneradas por la religión, por lo cual despojaba de su virginidad a María, a menos que las nenas fueran más jóvenes que Jesús, entonces, como dicen en la ruleta, *rien ne va plus!* y ¡todos a Belén!

—El negro más cumbanchero que conocí en La Habana —cantaba Priscila cuando tenía —y se la di— satisfacción.

A oscuritas. Sin que jamás viera mi cuerpo desnudo —mejor.

6

El que lee comprenderá que el que escribe necesitaba un refugio fuera del hogar. Para olvidar a la familia Holguín. A sus vivos y a sus muertos. Para mirarme sin rubor al espejo, pues Priscila *and family* me avergonzaban con vergüenza propia y ajena.

Para afirmar mi autoridad, relajada por el simple hecho de haberme casado con Priscila (lo confieso ante ustedes), de *dar el braguetazo* o sea *salir de perico perro* (de pobretón) y ascender con rapidez en la escala social (*arriviste, social climber*) más allá de mis méritos, aunque nunca por debajo de mis debilidades, yo les daba a los Holguín tanto o más que ellos a mí. A mí, me daban la gracia del contraste: siendo lo que era y soy ante ellos, tenía la enorme libertad de ser *otro* al alejarme del hogar y hacer mi carrera.

¿Que don Celestino me financiaba? Pues buena inversión. Le devolví el crédito con creces. Pinté una raya. En la casa de Lomas Virreyes me adaptaría a las excentricidades de la familia. Fuera de ella, sería mi propio hombre. Ninguna influencia hogareña. Prohibido, señorita secretaria, pasarme telefonazos de mi esposa o de mi suegro. Atienda usted misma las peticiones que le hagan, siempre y cuando sean importantes (dinero, propiedad, citas impostergables). No les haga caso si son idioteces (horarios de peluqueros o salones de belleza, quejas contra la servidumbre, cenas con gente menor-menor, me duele la cabeza, ¿por qué ya no me quieres?, ¿dónde quedaron las llaves del automóvil?, ¿puedo poner un retrato del Papa en la sala?).

O sea que mi oficina es mi santuario, inviolable por definición, sagrado por vocación. Allí no entra mi vida privada. Mis funcionarios lo saben y me tratan con el respeto que merece un hombre —yo— del que *nada saben* más allá de la oficina y las actividades profesionales. Al revés de lo ordinario, mi despacho es el reflejo de mi privacidad. Mi casa es el ágora del mitote, las pendejadas, los chismes, los chantajes de quienes creen que te tienen agarrado de los güevos nomás porque te conocieron chiquito y con hoyos en los calcetines. Es la desgracia de la familiaridad. La agradezco porque puedo pasarme de ella. No me interesa. No tiene caso. Yo columpio la pierna encima del antebrazo.

Mi verdadero yo nace y renace cuando entro a la oficina, doy instrucciones a las secretarias y paso a presidir la mesa en torno a la cual se reúnen mis colaboradores.

Les hablo de tú.

Ellos me hablan de usted.

(Algún privilegio da la autoridad.)

Se ponen de pie cuando entro.

Me quedo sentado cuando salen.

Nunca voy al baño.

Orino antes.

No bebo agua.

Ellos sí: se condenan ante mí por sus *necesidades*. (Palabras, clase. Ellos *necesitan*. Yo *tengo*).

De allí, escuchas, mi desconcierto (disimulado, eso sí: si algo me desconcierta, yo sé cómo ocultar mi incomodidad). De allí, repito, mi desconcierto el día —6 de enero— en que todos se presentaron con anteojos negros.

No di muestras de asombro, más allá de la broma consignada.

Procedí a tratar los asuntos pendientes, pedir opiniones, darles permiso de ir al baño, ofrecerles agua, todo como si nada…

Concluyó la reunión. Me retiré. Todos de pie.

¿Qué me esperaría la vez siguiente?

Convoqué la reunión para el lunes —hoy era viernes—.

Ahora mis colaboradores portaban aún anteojos de sol. Y portaban algo peor: una audacia inquisitiva. Adiviné miradas detrás de los cristales oscuros. Miradas de desafío disfrazando sentimientos de miedo. Un aislamiento ante mí que era a la vez barrera a vencer y oportunidad a tomar. Un trueque de poderes que mis antenas vibradoras percibieron enseguida. El poder de la debilidad que yo les imponía. La debilidad del poder que ellos me devolvían. El ruido de las duelas del piso cuando uno de ellos se levantó para ir al baño: jamás había escuchado ese sonido antes. Junté las piernas.

¿Qué pasaba?

No iba a permitir que ellos me explicaran la situación. Me adelanté con una rara sensación de caminar al filo del abismo. Iba a tomar una decisión porque la actitud (¿rebelde?, ¿irrespetuosa?, en todo caso, ¿insoportable?) de mis colaboradores me obligaba a ello. No medí consecuencias. Di la orden.

—Quítense los anteojos, cometas. Ya salió el sol.

Todos me miraron con asombro.

Supe que había ganado la partida.

Pero el simple hecho de vérmelas con un gabinete revoltoso me arrebató una parcela de la seguridad con la que, hasta entonces, los gobernaba, y al gobernarlos *me* gobernaba a mí mismo.

Todos continuaron con los anteojos oscuros. No se los quitaron, los muy desobedientes.

Pero esa es otra historia.

7

Todos necesitan consuelo. El perro callejero anda en busca de un amo que lo recoja, lo bañe, lo cuide: comida y techo, tanto más preciosos cuando no dependen de uno mismo, sino de la bondad ajena. El pájaro enjaulado agradece su alpiste pero añora la libertad de volar; cuando se fuga y vuela, añora el alpiste que dejó. Los hijos —me dicen— se rebelan contra sus padres en la adolescencia, salen al mundo y regresan, contritos, a pedir techo, comida, comodidad y cariño. Fue el caso de un viejo compañero mío, Abel Pagán, muy rebelde, se fue de su casa y la realidad lo obligó a regresar muy humildito. No se sabe cómo van a terminar las cosas. Miren que yo tengo todo lo que hace falta en este momento. ¿Y México? Que si se devalúa el peso. Que si los narcos toman el poder. Que si la ciudad se inunda para siempre y la mierda sube hasta las Lomas. Que si las carreteras se vuelven intransitables, llenas de bandidos como en el siglo XIX. Que si resucita Zapata. Que si vuela la mosca y Valentín de nada les da razón… Que si llega el gran terremoto final y acaba con todo.

Perro, pájaro, niño, me acerco este atardecer a la casa donde vive Ele.

No quiero demostrar heridas. Reposo como siempre, entero, cariñoso, simpático, sin rajaduras visibles, sin explicaciones innecesarias a partir del *dictum* anglosajón tan poco apreciado por los latinoamericanos, las mujeres engañadas y los hombres que engañan,

Never complain. Never explain.

"Nunca te quejes. Nunca te expliques."

Ele no me pide explicaciones y no me ha visto, nunca, quejarme. Es parte de nuestro acuerdo. Ele es como es, con sus atributos adorables, sus mezquindades perdonables, sus vicios explicables. Me da tantas cosas que no puedo reprocharle un solo defecto. Ele sabe que los tiene. Es más, los exhibe.

¿Qué más, nomás de arranque?

Ele se aburre con facilidad. Requiere entretenimiento y variadas sorpresas. Ele se ama y dice que amarse a uno mismo es condición para querer a otra persona. Ele no tiene miedo de exponer sus debilidades porque cree que si el amante sabe quiénes somos, la posibilidad de sorprender aumenta en razón de las cosas que se ignoran. Tácitamente, me pide que me deje adivinar, que no se lo cuente todo, que le dé la oportunidad no sólo de quererme, sino de quererme más en función de lo que aún no sabe de mí.

Quiere que yo sea su misterio y que Ele siga siendo el mío.

El hecho es que yo no sé nada de Ele. Tenemos un tácito acuerdo. Como en la canción, "no me platiques ya, déjame imaginar que no existe el pasado y que nacimos el mismo instante en que nos conocimos".

No sé nada de Ele salvo lo que sé de nuestra vida desde el momento en que nos conocimos y Ele sólo sabe de mí por mi vida pública, no por mi pasado. Me equiparo a Ele convertido en telón espeso sobre mi vida anterior al matrimonio con Priscila, cuando la familia bizcocho me puso en el candil. Y eso tenemos Ele y yo en común. Nos amamos aquí y ahora, sin referencia alguna a nuestras vidas pasadas. Amantes, niños, ambiciones: sin jurarlo, lo hemos destinado a una relación consagrada al *aquí* y al *ahora* de nuestra relación. Y si a veces caigo en la tentación de la memoria, es en *horas extra*, por así llamarlas, y sólo en comunicación secreta, impublicable, *contigo*, lector.

¿Impublicable? ¿Qué digo?

Yo me presto a ser sorpresa.

Claro que Ele conoce mi posición pública. Jamás la mencionaría, haciéndome sentir que cada vez que cruzo su umbral soy un hombre nuevo, dispuesto a estrenarme en ese momento, en esas noches de amor inédito con Ele, que no conoce mi situación familiar, más allá de los datos públicos —estoy casado, mi suegro es el Rey del Bizcocho—. Datos, añado, sin importancia alguna para un espíritu libre como Ele.

"Espíritu libre". ¿Existe tal cosa? ¿Hay un solo ser humano que no esté atado, de alguna manera, a su pasado, a su origen, a su familia? ¿O a su profesión, tarea, responsabilidad?

Sí, sí lo hay y se llama Ele. Eso creo.

No sé nada de su pasado (bolero *again*) ni quiero saberlo. Y aunque lo quisiera, nada obtendría, y no es que Ele se guarde un secreto: Ele *es* un secreto. Cuanto Ele dice y hace parece surgido del instante, sin antecedente alguno (o al menos sin antecedente de importancia). Jamás he conocido a otra persona que viva *exclusivamente* para el momento. Y a pesar de ello, qué saber hay en su mirada, qué experiencia en sus actos, qué misterio en sus palabras. Sólo que nada de esto puede ser atribuido a un pasado que no existe por el simple hecho de que Ele asume en cada instante el pasado como presente y el porvenir también. Quiero decir: si Ele recuerda, me hace sentir que lo que vale la pena no es el recuerdo, sino el hecho de recordar ahora mismo. Y si Ele desea, lo que cuenta es, también, el hecho de desear en este momento. Ele anula el pasado y el futuro convirtiéndolos en presente permanente: aquí y ahora, todo aquí y ahora, con una intensidad que no sólo explica a Ele, sino que me explica a mí, mi pasión por este ser único que me arranca de la comicidad ridícula de mi hogar y de la solemnidad fúnebre de mi oficina para situarme —¡qué bello, qué insólito, qué todo!— en el radical instante en el que estoy con Ele, vivo con Ele, amo con Ele.

Aquí desaparecen las preocupaciones, las obligaciones, las ridiculeces de la vida privada, las mascaradas de la vida pública. Ele me redime, me regresa a mí mismo, a esa parte de mi persona que de otra manera permanecería oculta, latente, acaso perdida para siempre.

Abrazo a Ele, respiro en su oreja, Ele respira en mi boca, y la vida no sólo regresa: nunca se fue, siempre estuvo aquí y yo no sé por qué no lo abandono todo para entregarme, sin condición, sin permiso, sin conciencia, al amor de Ele.

8

Amor interrumpido. Yo escogí el apartamento para Ele. Condiciones: poder salir y entrar sin ser notado. Exigencia: lugar a la vez céntrico y apartado. Resultado: callejón estrecho en calle de Oslo entre Niza y Copenhague.

Contexto: Zona Rosa, concurrencia abigarrada de día y de noche, distracciones. Acciones: dejar el coche en Hamburgo. Caminar un par de cuadras sin ser notado entre el gentío. Saber que el mejor disfraz es uno mismo. Soy visto tanto en la tele, los periódicos, los eventos, que nadie se imagina que el señor común y corriente que anda a pie, sin escolta, entre Génova y Amberes, sea yo.

Es una apuesta.

Hasta ahora, no ha fallado.

¿Y si algún día alguien me reconoce, me saluda, me detiene?

—¡Señor! ¡Es usted!

—¡Qué honor!

—¡Qué distinción!

—¿Me da su autógrafo?

—¡Qué democrático!

—¡Qué campechano!

Nada, nada, muevo las manos en señal de falta absoluta de pretensión, de voluntad impermeable, de normalidad, nada, nada, como cualquier ciudadano, aquí paseándome, viendo la vida, ¿saben ustedes?, vivir encerrado en la oficina y rodeado de guardias a poca distancia de uno lo envanece, necesito salir así, anónimamente, entre ustedes, como ustedes. ¡Gracias, gracias, me esperan, hasta lueguito, hasta prontito!

—¡Qué sencillo!

—¡Qué demócrata!

Claro que si algún día soy, en efecto, descubierto caminando por la Zona Rosa, entonces me abstengo de seguir hasta el callejón de Ele en Oslo y mejor regreso al estacionamiento frente al Bellinghausen y me regreso a casa.

¿Qué me espera allí?

Esta noche que yo tenía, ilusionado, reservada para gozar con Ele, regreso porque fui reconocido y tuve que devolverme a Lomas Virreyes. Me encontré con un verdadero zafarrancho familiar. Don Celestino, montado en cólera (o la cólera montada en él, porque los vicios y las virtudes nos preceden y sobreviven), increpa a su hijo Abelardo en pleno salón de estar. La pobre Priscila gimotea a media escalera y yo irrumpo, estoico aunque decepcionado (o será al revés) en el momento menos oportuno.

—¡Zángano! —grita don Celes—. Lo que quieres es güevonear a mis costillas.

—No —dice muy sereno Abelardo—. Quiero seguir mi vocación.

—¡Vocación, vocación! Aquí no hay vocación. Vocación es vacación —exclama don Celes con un giro literario que le desconocía—. Aquí se chambea. Aquí se trabaja duro. Aquí hay una fortuna que administrar.

—No es mi vocación, padre.

—Claro que no, inútil, es tu *obligación*, ¿me entiendes? Todos tenemos o-bli-ga-cio-nes. ¡Aquí no se bromea! ¡Aquí no es guasa! ¡Acabemos!

Adopta don Celes un aire indebido de petimetre o lagartijo que de plano no le va…

—¡Ah, cómo no! —espolvorea un imaginario pañuelo—.

El señorito se excusa. El señorito tiene, fíjense nada más, una *vo-ca-ción*. El señorito se niega a trabajar...

—No padre, no me niego a...

—¡Chitón, insolente! ¡Tengo la palabra!

—Y yo tengo la razón.

—¿Que qué? ¿La qué? ¿Qué...? ¿Oí bien?

—Yo no quiero administrar un negocio. Yo quiero ser escritor.

—¿Que qué? ¿Y eso con qué se come, bribón? ¿Sopa de letras? ¿Enchiladas de papel? ¿Mole de tinta? ¿De quién se burla usted, don Chespirito? ¡Más respeto a su señor padre que lo crió, sí señor, que le dio todo, educación, techo, vestido, para que ahora me salga con que quiere ser es-cri-tor! ¿Pues de qué me ha visto usted la cara, caballerito?

—No le pido nada.

—No, porque ya te lo di todo. ¡Así me pagas! ¡Menguado!

—¡Verbena! —dice tímidamente, desde el cuarto peldaño de la escalera, Priscila—. ¡Palomas!

Nadie le hace caso.

—Aprende a tu cuñado Adán (ese soy yo).

—Yo admiro a Adán —se atreve a opinar Abelardo.

—¡Qué bueno! Porque Adán se casó con tu hermana para ascender, dio el braguetazo, era un don nadie, un pordiosero, ni un petate donde caerse muerto y ya ves, él sí supo aprovechar mi posición y mi fortuna, ¡malandrín!, ascender y llegar a lo que ha llegado gracias a que se casó con tu hermana...

—Himeneo —gimió con acierto Priscila. Pero nadie le hizo caso.

—Y hoy míralo, es un gran chingón, es el mero, mero, ¿no te da vergüenza?, ¿no te achicopalas?

—Yo no... —quiso murmurar Abelardo.

—Tú nada, sinvergüenza —levantó la mano amenazante don Celes—. ¿Tú qué? —añadió sin lógica alguna—. ¿Tú...? —se

35

interrumpió al voltear y ver que yo lo miraba con severidad, sin necesidad de excusarme y yendo directo hacia Abelardo, a quien le di la mano.

—No te dejes humillar, cuñado.

—Yo no... —balbuceó el aludido.

—Ten dignidad.

—Yo...

—Vete de esta casa. Haz tu propio camino.

—Tú...

—Nada. De mí no esperes nada. Haz tu camino.

Mis palabras silenciaron a todos.

A nadie miré con las paciencillas acostumbradas. Yo soy dueño de mí mismo. Ni rencilla. Ni burla. Ni aire protector. Ni triunfalismos. Don Celes congelado como una estatua. Priscila fría e inmóvil. Abelardo luchando contra la sonrisa de amabilidad y el abrazo de la gratitud.

Todo porque fui reconocido en la calle y no pude llegar, como lo quería, a brazos de Ele.

Priscila le da una cachetada a la sirvienta que sube con la bandeja en las manos y la vida normal se reanuda.

9

¿Ya viste, Adán? ¿Qué cosa? El niño ese. ¿Qué niño? El niño Dios. ¿El niño qué?

Apareció donde menos se le esperaba, me informa Ele, quien me tiene al tanto de la menuda historia que no llega a las salas de administración.

En el cruce de Quintana Roo e Insurgentes. Instaló un pequeño estrado desde el cual domina el tráfico de la avenida. No un espacio abierto sino un sitio de tránsito rápido o atascamiento involuntario, un lugar de cláxones impacientes y mentadas de madre. Pero un lugar de convergencia de avenidas en el que alternan, te digo, la rapidez impaciente y el atorón, más impaciente aún.

Hay que verlo —lo fui a ver, diría Ele— parando el tráfico, vestido con una túnica blanca, trepado en su escalón como aquel santo del desierto en su columna, ¿recuerdas la película de Buñuel?, ¿no?, pues San Simeón predicaba en el desierto, lo escuchaban los enanos, su mamá y el Demonio. No, este niño le habla al tráfico de Insurgentes y Quintana Roo y lo notable, Adán, es que primero los cláxones le mientan la madre por interrumpir el tráfico, pero luego la gente se detiene, sale de los coches, se burlan de él, lo mandan a la fregada por crear embotellamientos, voy retrasado, ya quítate pinche escuincle…

—¿Escuincle?

—No tiene más de once años, Adán. Lo vieras…

—Lo estoy viendo en tu mirada. ¿Qué te dio? ¿Toloache?

—Seriamente, Adán. Primero se encabronaron, luego, cada vez más le prestan atención, como que se encandilan con él, ¿me entiendes?

Le dije con un gesto que no, pero seguía con atención su relato...

—Atención —repitió Ele—. ¿Sabes? Me doy cuenta de que nuestro gran defecto es no poner atención.

—No te distraigas, Ele. Sigue tu cuento.

—Es mi cuento. No les ponemos atención a los demás. No *nos* ponemos atención a nosotros mismos. Dejamos que las cosas pasen, sucedan, como el viento, a la vera de otros, ¿a poco no?

Le pregunté si todo su discurso era una manera de reprocharme porque no estaba enterado de que había un predicador en la esquina de Insurgentes y...

—Un predicador de once años.

—Ya.

—Un niño Dios.

—Estás lucas.

—No, óyeme porque tú no podrías ir hasta allí a ver lo que pasa. Yo sí. A mí nadie me reconoce...

Si esto era un reproche de amante en la sombra, yo no lo registré...

—¿Qué dice?

—No corran más, eso dice. No se apresuren. ¿Adónde van con tanta prisa? ¿No pueden esperar un minuto? ¿No quieren oír la voz de Dios?

Primero hubo rechiflas y burlas. La mirada del niño impuso el silencio.

—Lo hubieras visto, Adán. Una mirada de autoridad. Una mirada de amenaza velada. Una mirada de amor también. Un gran amor mezclado con una gran autoridad y un granito de amenaza. Todo esto en un niño de diez, once años.

—¿Rubio? ¿Será feo? —quise rebajar el tono admirativo de Ele, que empezaba a fastidiarme.

—No sé, no sé… Luminoso. Eso. Echaba luz.

—Rima con Jesús —quise bromear.

—No, no, no, no —agitó Ele la cabeza—, eso no, eso sería pues como una parodia, ¿no?, no, este niño no es Dios, no es Jesús, es, no sé, Adán, ¿cómo explicarte?, es un *mensajero…*

—¿Cómo lo sabes?

—Adán. Tenía *alas* en los tobillos. Alas en los tobillos. ¿Me entiendes?

—Sí, y no me impresiona. Cualquiera puede pegarse alitas en los tobillos, en la espalda, en los…

—Pero ninguno lo admite…

La interrogué.

—Se quitó las alas de los pies, ¿me oyes?

—Admitió ser un farsante.

—¡Todo lo contrario!

Dijo que él era un niño de escuela. Iba a la escuela todas las mañanas. Aprendía a leer, a escribir, a cantar, a calcular, a dibujar. Pero al salir de la escuela se transformaba. Obedecía una orden interna, de su corazón, dijo, y se ponía el ropón blanco y se pegaba las alitas a los tobillos y se ponía la peluca rubia, los rizos güeros y salía a predicar en este cruce de avenidas, nadie se lo ordenaba, salvo el mandamiento interno, la necesidad de su alma, decía, él era un niño de escuela, nada más, a nadie engañaba, por su gusto se iría a jugar a las canicas, pero hacía lo que tenía que hacer, no por obedecer una orden, sino porque *no tenía otro camino que seguir*, eso nos dijo.

—¿Nos? Somos muchos, ¿no?

—Es que la multitud crece cada tarde, Adán. ¿No te has enterado?

—Sabes muy bien que no me llevo con las autoridades de la ciudad.

—Pues deberías enterarte. ¿Crees que la ciudad te engaña? Entonces créeme a mí, mi amor. Te digo lo que veo.

Abelardo se fue de la casa de su padre y vino a contarme lo que sigue:

La prima Sonsoles, chupando su paleta Mimí, me dijo meneándose toda ella que hablaron de parte del poeta Maximino Sol, quería conocerme, me esperaba en su casa de la colonia Condesa a las cinco de la tarde. Acudí premioso a la cita: Maximino Sol era un gran escritor; también ejercía una especie de tiranía fascinante sobre la literatura mexicana, acaparando la publicación de revistas y, a través de sus discípulos y allegados, las reseñas críticas en los periódicos. Acudí, lo admito, fascinado yo también, resistiendo un impulso a la rebeldía pero admitiendo que el orgullo era una virtud pero también un lujo para un joven poeta desconocido.

Maximino Sol me recibió en su despacho de madera, a donde me introdujo un hombre de unos treinta años, con ojos calcinados y bigotillo a lo Valle Arizpe, es decir, como de káiser colonial. Lo identifiqué como el notorio brazo armado del poeta que, con un alarde de cinismo, firmaba como "Luna" sus ataques contra los enemigos de Sol, mientras éste, beatíficamente, fingía ignorancia en el Olimpo lírico y dejaba a sus satélites revolcarse locamente en los sótanos. Patiño de su amo, parásito de lo ajeno, nunca dejaría de ser sirviente de alguien más fuerte que él: como siervo del dinero y del poder, jamás existiría por cuenta propia. Imaginé a este asistente, levemente gordinflón de caderas, vestido de gorguera y pluma de ave en ristre, tomando al pie de la letra el dictado del poeta quien, a la usanza de la vieja cortesía mexicana, me recibía con traje de tres piezas, camisa blanca, gruesa corbata de seda y fistol. Su cuerpo pequeñín y regordete se veía apretado por el chaleco de rayas grises, y la papada le colgaba un tanto por encima del nudo de la corbata. El chaleco, en vez de ceñir el cuerpo, era ceñido por él, de manera que Maximino Sol parecía construido por dos círculos perfectos, la papada dando origen a la barriga que parecía nacer del cuello y viceversa. Pero la cabeza leonina, abierta, concentraba toda la energía ausente del cuerpo blando, y la melena cuidadosamente despeinada le daba un aire fiero, acentuado por la mezcla de irritación y desdén de la mirada. Sin embargo, un velo angelical alcanzaba, mágicamente, a cubrir todas estas apariencias en los modos y movimientos de Maximino Sol.

Tomó asiento y me dijo que le había llamado la atención el poemita publicado en la revista K...... Había, quizá, demasiada influencia de Neruda y Lorca —sonrió, como digo, querúbicamente— y él me sugería, en todo caso, optar por modelos como Jorge Guillén y Emilio Prados, de los cuales se podía hacer paráfrasis sin que se notara demasiado. En todo caso, continuó, la mímesis es inevitable en literatura y, al cabo, escoger bien a los mentores es una muestra de talento.

—Tiene usted talento —dijo hojeando amablemente la revista de mis pininos literarios, que el amanuense le ofreció abierta—, y además, es usted joven...

Sentado incómodamente frente al gran hombre, me sentí aún más incómodo en mi alma que en mi cuerpo. Revisé, sin dar respuesta a la elogiosa afirmación, las ricas caobas del despacho, admiré el orden perfecto de las estanterías y quise pensar, simpáticamente, en qué orden colocaba el poeta sus libros, ¿por géneros, orden alfabético, cronológicamente, o una combinación de todo esto? Imaginaba para ocultar lo obvio: Yo era reclutado para que mi juventud y mi talento ingresasen, como en seguida se me informó, a la revista K......, dirigida por Maximino Sol. La frase del poeta había sido dirigida a un conscripto. Su sonrisa afable y su mirada alerta me dijeron, sin palabras, que se me hacía un gran honor y así lo entendí: —Gracias.

Pero la asociación de mi juventud, comprobable, y de mi talento, discutible aún, en una sola ecuación, no dejaba de incomodarme, sobre todo cuando Sol se lanzó a una larga disquisición sobre la falta de inteligencias verdaderas en nuestra literatura.

Los recordó a todos —los poetas, Alfonso Reyes, Salvador Novo, Xavier Villaurrutia, Jaime Torres Bodet, Jorge Cuesta, Gilberto Owen, José Gorostiza, Carlos Pellicer y, todavía, Tablada, Urbina, González Martínez, y pocos novelistas: Azuela, Guzmán, Muñoz, Ferretis, Magdaleno—. Sol comenzó por despacharse, uno por uno, a los escritores de su generación, de generaciones anteriores y, aun, de generaciones más jóvenes que la suya. Distribuyó olímpicamente premios y castigos, concediendo a este poeta un segundo lugar, a aquellos dos un tercero, al de más allá un pase por méritos, a la gran mayoría una calificación de reprobado y a uno, su enemigo mortal, de plano lo envió al rincón con orejas de burro y sambenito. En todo caso los poetas, mediocres o malos, se sentarían en las filas de enfrente y los novelistas, vistos más o menos como tarados mentales de la literatura, en las postreras.

Comencé a preguntarme, escuchándole, qué lugar me era otorgado a mí, sobre todo cuando dejara de ser joven y contase con mi propia obra. Entendí, también, qué lugar se daba a sí mismo Maximino Sol en este salón de clases perpetuo, sin recreos ni vacaciones, en el que, al parecer, el maestro era, al mismo tiempo, el alumno premiado.

—Es muy poco interesante lo que se hace en la actualidad. Pero hay que tener confianza en los jóvenes. Los sitios, en realidad, están vacíos: las primeras bancas, desocupadas. Sólo los jóvenes, con el tiempo, pueden llenarlas.

Hizo una pausa magisterial y me invitó, cordialmente, a colaborar con su revista. No tuvo que decirlo: este era el camino —el único— hacia mi consagración.

Yo me imaginé de vuelta en la escuela y con el profesor. Como mi experiencia escolar era reciente, pude preguntarme con cierta espontaneidad: ¿Iba a pasarme la vida esperando que Maximino Sol me aprobara o reprobara, pendiente de un diez, un cinco, un cero, o un castigo ejemplar después de clases: escribir cien veces en el pizarrón: No hay nada en la literatura mexicana salvo la obra de Maximino Sol?

Le dije que quizá tenía razón, mi juventud era excesiva y a mi edad podía esperar sin padrinazgos de ningún tipo a que...

Me interrumpió bruscamente. Dijo que la juventud no era eterna y que la energía lírica se perdía si no se encauzaba.

—Soy disciplinado, maestro —le dije, sin medir la ambigüedad de la apelación.

Entre halagado e irritado, añadió que México era un país de sacrificios y el que demostraba talento pronto era atacado a muerte.

—Al que asoma la cabeza, se la cortan.

No basta el talento, por grande que sea, continuó, sin el escudo que lo proteja. Una revista es eso; un grupo, un maestro son eso: La defensa de la semilla siempre amenazada por la envidia y por polémicas abrumadoras; el chovinismo si el poeta joven demuestra su inevitable aprendizaje universal; el cosmopolitismo si, al contrario, luce demasiadas prendas folklóricas, por así llamarlas; el compromiso político exigido por la izquierda, el artepurismo demandado por la derecha... ¿Cómo me iba a salvar yo solo, yo tan joven, yo tan talentoso, tan...?

Temí, escuchándole, mirándole, diciendo todo esto con una preocupación casi evangélica hacia mi pobre persona, que viese en mí y en mi obra probable sólo una poesía joven que, exaltando la experiencia y la vitalidad iniciales, le sirviese al literato viejo para moralizar ante sus contemporáneos, haciéndolos sentirse culpables de que ellos no poseían lo que Maximino Sol, vicariamente, protegiendo a un autor joven, sí tenía aún: precisamente, la vitalidad inicial, la experiencia del asombro. Me sentí desnudado por una manipulación que me ofrecía la protección inmediata y la gloria eventual a cambio de mi adherencia a una jerarquía presidida por Sol; jerarquía de valores, lecturas, intereses... Me sentí elegido para justificar las demandas del papa de una capilla literaria ante los pontífices rivales. Imaginé una corte en la que nuestra juventud era el apoyo indispensable para las continuas exigencias de un escritor viejo ante el mundo adulto: —Miren, yo tengo más jóvenes que nadie a mi alrededor, y estos jóvenes me exaltan a mí y los degradan a ustedes, mis rivales...

—Quisiera oír mi propia voz —dije con inocencia.

Maximino Sol se abstuvo de reír. Dijo seriamente: —El yo es un nosotros o no es.

A mi vez, yo me abstuve de reír ante el sofisma, pero el poeta continuaba: —Nuestro grupo, nuestra revista, formamos un coro. Fuera de él, todo es cacofonía, Abelardo.

Abelardo, repitió inclinando la cabeza a manera de excusa, ¿puedo llamarlo así? Sólo faltaba un paso al tuteo. Por algún motivo, me repugnó la familiaridad con él y, sobre todo, con el asistente que, de pie, cruzaba miradas de infinita espera con su patrón. Jamás vi a una persona menos desesperada que ese hombre. La espera en él era todo, pero ¿qué cosa esperaba? Lo llamé, a pesar de él mismo y de su apariencia, El Desesperado. Pero hasta eso —la desesperación— se lo quitaba, en la imaginación veloz y fracturada que acompañaba esta entrevista, el papa literario que se iba dibujando, esta vez lenta e integradamente, ante mi mirada. Sin embargo, la relación entre los dos —Maximino Sol y su secretario— me parecía perfectamente normal en la jerarquía de la subordinación, hasta que el hombre ligeramente sobrado de caderas se atrevió a decirme:

—No seas de plano idiota, tú. Maximino Sol, nada menos, te ofrece la gloria y tú la rechazas. ¿Crees que en México vas a ir a alguna parte sin él?

—¿Quieres decir que tú dependes totalmente de él? —le contesté—. Pues yo no.

—Cállate —le dijo Sol con un preludio de berrinche y una sinfonía de tics faciales que paralizó por un momento al secretario.

—No, maestro, es que de plano este tipo no merece estar aquí, ni que usted lo mire siquiera, no entiendo por qué se empeña usted en tirarles margaritas a los...

—¡Que te calles! —dijo el poeta, esta vez con una muestra plena de autoridad rabiosa.

—Está bien. Nomás no me grite, maestro.

—Yo te grito cuanto desee —dijo ahora muy frío y calmado el poeta con su sonrisa más angelical, pero dirigida, esta vez, a mí.

Yo entendí que la charada consistía en hacerme ver lo que me esperaba si no aceptaba el trato de protección a cambio de sumisión que me estaban ofreciendo.

Me puse de pie y estaba a punto de dar la espalda y marcharme, pero en los ojos claros de Maximino Sol, rivales envejecidos de los míos, leí un odio y un desconcierto tales que no pude evitar unas palabras.

—Yo tengo una voz, jovencito. Tiene usted razón, al menos en eso. Sobreviviré a esos que usted llama mis aduladores. Yo tengo una voz —repitió, no sé si para convencerme o para convencerse.

—Porque oye otras voces —pude decir lo que quería decir.

—Hay muchos sordos en este mundo, sabe usted.

—Quizá usted es uno de ellos, si desconoce que la voz que usted oye, la oyen al mismo tiempo, qué sé yo, un chofer, un panadero, un ama de casa.

—Su populismo me conmueve. Ofrézcaselo a Neruda. Un panadero o un chofer no hacen poesía.

—Pero hacen otra cosa.

Iba a decir, arrullaron a un niño, insultaron a un arrogante, amaron a una mujer, pero recordé los tonos más íntimos, y por ello más públicos, de la poesía de Maximino Sol, la ternura de su violencia, la extrañeza de los símbolos inconclusos que le oponía a todos los signos concluidos, religiosos, políticos y económicos del mundo, y rogué, Dios mío, déjame ser como la poesía de ese hombre, pero no como el hombre mismo; padre mío, no dejes que lo sacrifique todo a la influencia y a la gloria literarias; dame un rincón, madre mía, en el que pueda yo darle más valor a un hijo, a una esposa y a un amigo que a todos los laureles de la tierra; líbrame de los lambiscones, señor, y ayúdame a ganar la juventud con la edad, en vez de perderla con el tiempo.

Cuando salí del despacho, cerrando la puerta, a un vestíbulo de emplomados violáceos, escuché la voz ríspida, berrinchuda, exaltada, sin tonos graves, de Maximino Sol, regañando a su secretario. No distinguí las palabras, pero me pareció una buena broma regresar un día con un libro en blanco y ofrecérselo a la sagacidad de este hombre condenado a la traición de sus aduladores y ciego a la independencia de sus amigos. Por favor, volví a rogar, no me dejes envejecer así. Hazme depender de una mujer, un hijo y un amigo, no de la vanidad y la sujeción literarias. La gloria es la máscara de la muerte. No tiene descendencia.

Abelardo guardó silencio.

Yo sólo le comenté: —Lee a los escritores, pero no los conozcas personalmente.

11

Quiero que se dé una vuelta por el llano bajo el puente. Creo que reconocería a uno que otro. Antes iban a fiestas o salían retratados en los periódicos. Graduaciones. Día del santo. Deportes. Vacaciones en Acapulco, Tequesquitengo, de perdida Nautla. Ahora mírelos en las carpas. Mire cómo azota el viento las lonas. Cómo se cuela la lluvia. Mire nomás. Menos mal: trajeron excusados portátiles. Mire nomás. Siempre ha habido bacinicas. Antes venían aquí sólo los amolados. Ahora vienen a vivir aquí los que antes vacacionaban en Acapulco, de perdida Nautla. Todos en los periódicos, ahora sofás destripados. Recogen latas. Las guardan dizque para reciclar. Antes las tenían heladas en el refri. Ahora las recogen y tratan de venderlas. Sofás destripados. ¿Recuerdas a esta familia? Ahora todos alcoholizados. Por pura desesperación. Para embrutecerse. Para olvidar. Para… No todos se dejan ir sin más, ¿sabe? Aun allá abajo, algunos han tenido la iniciativa. Han robado perros, *pit bulls*, para defenderse. Collares de fierro. Púas. Encadenadas las bestias. Liberadas para defenderse. Los más emprendedores han construido una cerca de cadenas eslabonadas. Tratan de defenderse y defender a todos los que cayeron desde arriba. Viejos compañeros. Familiares. Amigos. Jodidos de la noche a la mañana. Acampados aquí. En Taco Flats, ¿sabe? Así le pusieron al lugar. ¡Taco Flats! Levantaron la barrera de cadenas para protegerse, crear la ilusión de que, aunque amolados, estaban juntos defendiéndose detrás de una barrera de *cadenas* como ayer detrás de los muros de sus casas. No pudieron, señor Gorozpe, nomás no pudieron. Creyeron que iban a excluir a los más amolados, acá una zona exclusiva de la miseria, la miseria sólo para ellos. No pudieron, don Adán. Los jodidos de ayer ya estaban allí. Nomás que los jodidos de hoy no se dieron cuenta. Llegaron. Trazaron la frontera de un lugar de desgracias. Levantaron toldos. Excusados. Perros. Sofás reventados. Pero no miraron bien. Los amolados de antes ya estaban allí. Pero los amolados de ahora no los miraron siquiera y cuando se encerraron detrás de la barrera de cadenas con sus perros se dieron cuenta de que no les servían de nada. Porque los jodidos de antes ya estaban allí. Nomás que los nuevos jodidos no los habían visto. Ya estaban *adentro*, ¿me entiende?

—¿Por qué hablas en plural?

—¿Por qué qué, señor?

—Sí, cómo no, hablas de mucha gente.

—Es que...

—Es que nada. Yo sólo te ordené que fregaras a la familia de...

—Cómo no, de ellos se trata.

—¿No me digas que reventaron a más de una familia?

—Es que...

—¿Qué?

—Es que no se puede discriminar tanto...

—¿Pagaron justos por pecadores?

—Don Adán Góngora no discrimina. El hecho es que toda la cuadra fue a dar a Taco Flats... toda la cuadra de ricachones... Don Adán Góngora dice que les servirá de escarmiento.

—Ah.

—Además, dije que Taco Flats era una gringada. Que mejor los llamaran *Gorozpevillas*.

—¿Qué?

—Dizque en honor de usted.

12

A veces tengo que hacer vida social. Qué remedio. Y qué lata. Si no me muestro, creen que ya no existo. Quiero decir: si no me muestro en *sociedad*. Porque dejarme ver en cenas, saraos, bodas y bautizos es la forma final —a veces la única— de demostrar la existencia propia. En estas ocasiones me encuentro a expresidentes que todos creían muertos; a millonarios de antaño que hicieron sus fortunas en el debut del capitalismo mexicano; a secretarios de Estado de fugitivo renombre; a señoritas de sociedad —debutantes— que ahora son matronas de cierta edad —de denantes—.

Tengo una ventaja: no veo a nadie. Soy conocido de oídas. Aparezco en la prensa y la tele, pero soy casi un secreto. Salgo rara vez y en cada una de estas ocasiones me hago acompañar de mi esposa para reforzar la noción de mi personalidad: Gorozpe se deja ver poco porque trabaja mucho pero es una persona como todos nosotros. Basta ver a su esposa. Fue muy famosa de joven como la...

—Reina de la Primavera...

—La Princesa del Carnaval de Veracruz...

—Y de Mazatlán...

—Bonita...

—Bonitilla...

—Agraciada...

—Pues no es por nada, pero cómo se ha descompuesto...

—No, sigue siendo mona...

—Mona como un mono querrás decir, Marilú...

—Bueno, está gordita... Digo, robusta.

—No tanto del cuerpo...

—De la cara sí. Parece un pastel de cerezas...

—Dirás la masa del pastel antes de entrar al horno, tú...

—Y los ojitos, ve nada más... Los...

—¿Ver? Creo que ella nomás no puede ver. Vele los ojitos chiquititos, muy juntos, y así como perdidos en la masa de harina de la carota...

—Guarda las tijeras, Sofonisba, ahí viene la pareja...

—¡Qué encanto!

—¡Qué gusto!

Sé leer los labios. Se los advierto. Desde lejos. Desde que entro a un salón leo lo que están diciendo las lenguas. Las *malas* lenguas. No es difícil. Siempre dicen lo mismo. Yo sólo les pongo en la boca lo que dicen desde siempre. Curioso: lo que imagino que dicen corresponde a los movimientos de sus labios. De mí no dicen nada. Como que mi presencia los coloca en una situación muy especial en la que no deben asombrarse de que esté allí, por más que ello sea siempre raro, espaciado a veces por varios meses... Puedo contar mis apariciones en sociedad durante todo un año con los dedos de las manos. Me doy cuenta de que todos se hacen una *idea* de mí a partir de mi *persona* pública. Es decir, tienen una *idea* de mí previa a mi *presencia* física. Ya soy *figura* de fotografías, televisión, revistas, de manera que no asombro, soy una *efigie* acostumbrada y mi *presencia* física no altera la *percepción* previa que se tiene de *mí*.

Por ese motivo, todas las miradas se dirigen a Priscila. Ella aparece sola en estas fiestas. La memoria de su fama juvenil (la Reina de etcétera) se extingue y en cambio su presencia social sólo rememora lo mucho que la vida la ha transformado, la pérdida de su lozanía principesca (Carnaval, Primavera) y su robusta actualidad. Lo confieso: yo he cambiado muy poco desde que adquirí fama. Canas en las sienes, sólo que naturales, no pintadas con cal como las de los galanes maduros del cine mexicano. Conservo mi pelo y mis facciones son regulares: frente ancha, cejas escasas (les doy su pintadita), nariz husmeante y por ello interesante, labios que no conceden sonrisa, enojo, sentimiento alguno. Y una barbilla partida que me da la galanura natural que yo no busco ni impongo.

Juego con mi mirada. La velo. La fijo. Jamás la enternezco. Con ella amenazo, advierto, desdeño, atraigo si es necesario, rechazo si no es imprudente. La mirada de Adán Gorozpe. Con razón nadie comenta cuando entro a la cena en casa del antiguo ministro don Salvador Ascencio al cual le debo uno que otro favor y no me gusta aparecer como desagradecido... Nadie comenta. Todos me miran. Todos me ceden el paso. Aunque antes se lo cedieran al trasatlántico de mi mujer Priscila. No es lo mismo. A ella "la dejan pasar". A mí "me ceden el paso".

Me doy cuenta de que, apartándose de mí, ninguna de las gentes aquí reunidas —personalidades políticas olvidadas, señoritas de ayer que son señoronas de hoy, individuos anónimos cuyos nombres y oficios me tienen sin cuidado— se apartan para darme el paso pero no se pueden *alejar* de mí. Es parte de mi estrategia, lo admito ante ustedes mis fieles escuchas, dejarme ver mucho en las noticias y poco en las fiestas. No se pueden alejar de mí. Se mueven alrededor de mí. Regresan a mí hasta el momento en que me despido.

¿Que esto es incómodo? Ya lo creo. Por eso limito mi vida de relación al trabajo burocrático, empresarial y político, donde mi palabra es la ley (¿por qué me recibieron el Día de Reyes con anteojos oscuros?), mi relación doméstica a las rabietas de mi suegro el Rey del Bizcocho y a las inconsecuencias verbales de mi esposa Priscila. ¿Y mi cuñado Abelardo? ¿Qué habrá sido de él? Se fue de la casa y yo admito que perdí el único asidero razonable en la mansión de Lomas Virreyes y su decorado color de rosa, con excepción del bidet

de metal, donde he decidido vivir por dos razones. La primera, que allí me acomodo a una vida acostumbrada, repetitiva,
sin sobresaltos, que ni me va ni me viene y que, de pilón, da
cuenta de mi fidelidad a la familia.

—Adán Gorozpe vive con su suegro…
—Como desde el principio…
—Cuando no era nadie…
—¡Cállate la boca!…
—Vive con su esposa…
—Su novia de la juventud…
—Juventud divino tesoro…
—Que te vas para nunca volver, jajá…
—Y un cuñado rarísimo, tú…
—Medio bohemio, ¿verdad?
—Poco serio, diría yo…
—Pero nada vacilador, ¿a poco no?…

Todo lo cual sirve para proteger mi identidad dándome
una aureola de hombre frugal. Concentrado en su trabajo,
fiel a su familia…

No conocen mi otra vida.

No saben de la existencia de Ele.

13

Eventos surtidos que me comunican mis secretarias: *Mexicomedia*:

Una anciana viajaba tranquila en el camión Salto del Agua-Ciudadela-Rayón. Un jovenzuelo subió y pistola en mano les exigió a los pasajeros entregar carteras, anillos y anteojos de sol. Para ello extendió una gorra de beisbolista de colores estridentes. Al acercarse a la anciana, ésta le arrebató la gorra, vació el contenido y con la misma cachucha agarró a golpes al joven asaltante, tratándolo de méndigo ratero poca madre y chamaquillo insolente, amén de pilluelo travieso y otras expresiones anticuadas que delatan la edad de la señora. El sorprendido muchacho primero se tapó la cabeza contra los golpes de la vieja, quien abandonó el gorro y le siguió a paraguazos hasta que el ladroncillo saltó del vehículo, se tropezó, cayó de bruces y todos rieron de alivio. ¿Quién era la valerosa viejecita? Interrogada, dijo llamarse Sara García.

Un artista de escaso renombre creó en la azotea de su casa, sita en la avenida Yucatán, una escultura inflable del elefante Dumbo. La estatua se desprendió de sus amarres y se fue volando por el vecino parque de San Martín, donde mató a una pareja de novios poco alertas. "Los elefantes son contagiosos", se excusó el artista.

Se han puesto a la venta artículos de lujo a precios reducidos. Gafas de sol. Audis. Porsches. Rolex. Anillos de Cartier. Plumas Mont Blanc. Bolsas de Prada. Camisas de Zegna. Zapatos Gucci. Vestidos de Cavalli. La publicidad reza: "Menos precios sin menos imagen".

La exportación de chilaquiles ha ascendido de cero a noventa y dos por ciento. Nadie se explica quién —o para qué— compra en el extranjero pedazos de tortilla dura, pero hoy vienen con recetas para crear salsa y sazón al gusto del consumidor. "Haga patria. Exporte un chilaquil", dice la propaganda.

A medida que disminuye el turismo norteamericano, aumenta el turismo chino. Interrogados, los visitantes hablan de la semejanza —platillos picantes, pequeños, variados, propios para fabricarse cada cual un menú a su gusto— entre las cocinas de China y México. La verdad sorprendente es que, digan lo que digan, estos turistas sólo comen lo que exportan. ¿Es bueno para el comercio exterior?, le preguntamos al ministro del ramo. Esperamos su respuesta.

Candelaria la Trajinera da una entrevista en la que se declara amante de una docena de narcos. Ha pasado de mano en mano. Ellos se matan entre sí. Ella sobrevive y espera al siguiente galán. Anuncia que vive en un islote de Xochimilco, rodeada de flores y cochinitos. "Soy bucólica", explicó.

Yasmine Sulimán, refugiada política que huyó de un régimen asesino del Oriente Medio, encontró trabajo en la biblioteca José Vasconcelos de esta ciudad de México y un apartamento vecino en la Calzada de los Misterios (continuación de Reforma). Ayer fue asesinada por un loco que le pidió las obras completas de Augusto Monterroso y al recibir el delgado volumen así intitulado, montó en cólera y ahorcó a Yasmine.

El alumno de sexto de primaria Jenaro González ha admitido ser el Niño Dios que predica los domingos en el cruce de Insurgentes y Quintana Roo. Seguido por nuestros reporteros de la congregación vespertina a su escuela en la Avenida Chapultepec, el jovencito admitió ser el niño predicador. Le basta ponerse una peluca de rizos dorados y un batoncito blanco, y andar descalzo. En realidad, tiene una cabeza de puercoespín y jura que hace lo que hace por mandato divino, aunque después no se acuerde de lo que dijo. Nuestro astuto reportero volvió a entrevistarlo el domingo pasado. El muchacho de pelo de picos repitió esta historia. Sólo que en ese mismo momento, el Niño Dios sermoneaba a una multitud en el crucero de Insurgentes y Quintana Roo, revelando así que el otro niño es un impostor. ¿Misterio?

Las ciudades perdidas (callampas en Chile, villas miseria en Argentina, favelas en Brasil, ranchitos en Caracas) han sido bautizadas *Gorozpevillas*, en alusión insolente a don Adán Gorozpe, a quien se le atribuye sin fundamento la pobreza circundante a la ciudad de México y con ánimo de injuria e insidia incomparable, la profusión de ciudades similares en las afueras de Guadalajara, Monterrey, Morelia y Torreón. Se hace notar que focos de criminalidad tan notorios como Juárez, Tijuana y Tampico no tenían el problema de las "ciudades perdidas" debido a que los narcos en esas urbes mantienen un alto grado de disciplina que consiste en desaparecer de la noche a la mañana todo brote urbano no reglamentado. "Las *Gorozpevillas* dañan nuestra imagen", declaró don Hipólito el de Santa, anciano pianista ciego y jefe del Cártel del Desierto. ¿Debe concluirse que los narcos rinden pleitesía a un hombre de tan honesta reputación como don Adán Gorozpe? Es pregunta.

14

Apenas se mueve de la recámara a la sociedad (del lecho al techo) la vida amorosa muestra, siempre, el precio que debemos pagar por las alegrías que pudimos sentir. Digo: nadie se priva por voluntad propia del amor (salvo los masoquistas, que al cabo aman su orgullosa singularidad; salvo los sádicos, que la llevan a extremos dañinos para terceros). A veces, el amor se da de manera natural. Sin atropellos ni dificultades. Somos novios desde siempre. Nuestro amor está programado por las familias ¿Con quién nos vamos a casar sino con la noviecita santa, la prometida de siempre? Conozco casos, debido a mi parentesco con los Holguín, de matrimonios *a la hindú*, preparados desde niños para casarse. Hay muchachas feicitas que, se supone, llegan vírgenes, en dichas condiciones, al matrimonio. Hay otras —las he sorprendido detrás de una cortina, en la parte trasera de un auto, disfrazadas por un árbol—, siempre con el novio oficial, a veces con hombres que no conozco y que se presentan, a veces orgullosas, a veces avergonzadas, aunque todas ellas se adelantan a las nupcias y se casan con virginidad ficticia.

Porque la virginidad se le exige a una mujer, aunque no a un hombre. El macho que llega virgen al matrimonio no es tan macho: hay que sospechar de él, puede ser impotente, marica disfrazado u homosexual latente, sufrir de *mamitis* aguda, o ser simplemente casto, tímido o sacerdote que desconoce su vocación. En cambio, la muchacha que no llega virgen es una sinvergüenza. Carece de justificación. Dos varas de medir. En todo caso, hay planes matrimoniales (o amorosos, sin más) que deben pagarse con consecuencias indeseables en la vida social. El adolescente "gatero" se acuesta con la criada de la casa pero jamás piensa —ni le permitirían— casarse con ella. Ella, por lo demás, tampoco estaría a gusto fuera de su domesticidad, aunque se dan casos, se dan casos… Hay hombres "distinguidos" casados con mujeres que no lo son tanto. Interrogados, ellos ofrecen razones *carnales* —ella lo satisface como ninguna— pero rara vez *sociales* —ella no es de mi misma clase—, gracias a mí (tácito) subió de clase.

En cambio, en un matrimonio convencional —como el mío—, las cosas suceden sin sobresaltos. Como ya indiqué, Priscila es una mujer inconsecuente: dice lo que no debe decir en el momento en que debía decir otra cosa o, mejor, quedarse callada. Ya he dado ejemplos de esta falta de brújula. Y ya sabe el que me escucha que la vida con Priscila es un disfraz que aprovecho para ser en la vida pública lo que no soy —ni me importa ser— en la vida privada. Que esta situación confiable puede conducir a situaciones poco confiables, lo veremos al momento.

En cambio —otra vez me repito en mis introducciones—, la vida con Ele es un largo placer interrumpido, sin embargo, por espontáneos parlamentos que me devuelven a la realidad extraerótica.

Por ejemplo, Ele regresa con alto poder de excitación de un concierto de Luismi en el Auditorio Nacional. Su admiración hacia el cantante es a la vez singular y plural. Lo que me dice de Luismi —qué guapo, qué bien canta, cómo se mueve— lo dice no sólo porque lo siente, sino porque al mismo tiempo lo sintieron diez mil espectadores. Yo entiendo estos estados de ánimo colectivo, también son parte de la política y si en un concierto de Luismi son inofensivos, se vuelven peligrosos cuando en lugar de un cantante hay un orador perorando desde un balcón y ofreciendo ilusiones tan ilusas como las de Luismi cuando susurra

Miénteme / Miénteme más / Que me hace tu maldad feliz…

Oigo a Ele y me congratulo de mi propia discreción política, vayan sumando lo que ya saben: vivo en casa de mi suegro el Rey del Bizcocho, tengo un matrimonio longevo y superviviente con Priscila, la ex Princesa de la Primavera, voy de la casa a la oficina y de la oficina a la casa, rara vez salgo a eventos sociales…

Este alarde de discreción lo extiendo, entonces, a mi vida amorosa —privada, satisfactoria, inconfesable— con Ele, pese a las minúsculas tonterías que podían afectarla y que son como golondrinas pasajeras.

—¿Por qué no te rasuras las axilas?

—¿Qué?

—Que podrías afeitarte los sobacos.

—¿Para qué, Ele?

—Para ser igualito a mí.

—Es que quiero ser diferente.

—¿No quieres ser como yo?

—Quiero ser contigo, ¿me entiendes? Me basta…

—Pero no como yo.

—No. Prefiero la diferencia, de plano.

—Es un capricho mío. Un caprichito. Así de chiquito.

—Me imagino con las axilas afeitadas y luego la pelambre del pecho, los brazos, las piernas…

—Y la espalda, osito, la espalda…

Entonces nos besamos y se acabó la discusión.

Otras veces la culpa es mía y se debe a mi educación jurídica, que lo mismo sirve para aclarar que para confundir. Un cirujano no se puede equivocar: si opera de apendicitis a un hombre con dolor de muelas, le retiran la licencia. El "licenciado", en cambio, puede mentir a sabiendas de que sus argumentos se basan en una falacia, útil para ganar un pleito, engañar a un tonto o confundir a un enemigo.

—¿Dónde estuvo el viernes nueve a las seis?

—¿El viernes seis a las nueve?

—Miente usted…

—Quiero decir, ¿el viernes nueve a las seis?

—No se contradiga.

—No me confunda, licenciado.

—El confundido es usted. ¿Qué oculta?

—Nada, se lo juro.

—¿Por qué me engaña?

—¿Yo…?

Por eso puedo decirle a Ele, cuando exijo el derecho a venirme plenamente, que la retención del semen es venenosa y no me abstengo de decirlo en latín:

Semen retentus venenum est.

A Ele no le importan mis latinajos. Ele cree tener razón cuando afirma que retener el semen provoca un orgasmo intenso más satisfactorio que mi chorrillo externo.

—Además —opina inapropiadamente—, retener el semen es una muestra de santidad.

—¡Cómo sabes! —pongo cara de asombro fingido.

—Los santos tienen semen pero se aguantan.

—Tú y yo no somos pareja santa. Ele. Y de los santos se puede…

—Podemos aspirar a…

—Qué aburrida.

—Dame gusto.

—Okey. Aunque te diré que…

Digo lo anterior para que vean ustedes la buena relación que tengo con Ele y la manera como sobrevolamos cualquier diferencia, sin caer nunca en el pleito; ¿hacemos mal? ¿Los enojos entre parejas son la sal del amor? Lo cierto es que el sexo libra o encarcela al perpetuo salvaje que todos llevamos dentro.

Pienso a veces que nacemos salvajes y que dejados a nuestras fuerzas precarias seríamos como los animales, que sólo buscan sobrevivir y satisfacer sus instintos. El filósofo de la naturaleza nos dirá que no hay tal, que el hombre natural es lo más cercano a la bondad y que todo paso hacia adelante en la sociedad es un paso hacia el crimen, el pecado y la necesidad de reglas de conducta prohibitivas para domar al salvaje natural que hemos sido en el origen.

A mí se me ocurre que apenas deja la vida silvestre y entra a la sociedad, el salvaje asesina a su padre y fornica con su madre. Edipo suele ser el símbolo de este tránsito que, al cabo, pase lo que pase, nos somete a reglas de conducta que aceptamos con la cabeza gacha porque violarlas nos conduce a la cárcel, la horca o, cuando menos, al exilio social.

Esto no explica bien las vicisitudes del amor en sociedad y su relación con cosas tan disímbolas como la moda, las emociones, la estética o las pretensiones. Con Priscila atiendo a la primera y a la última de estas exigencias. Cuando salgo con ella —muy rara vez, ya lo saben— me someto a la moda y a las pretensiones sociales. Cuando estoy con Ele, privan la emoción y la estética. En Ele *veo* primero y lo que veo me gusta y me emociona. A veces la emoción me arrebata antes que nada y sólo más tarde me entrego, gratificado, a la contemplación de Ele, su hermosura, su tranquilidad y su beatífica mirada de satisfacción postcoital.

El pequeño salvaje que me habita se ve así domado por el placer asequible con Ele. Creo controlar a la bestia íntima, también, cuando convivo con Priscila en casa de su papá o cuando —rarísimo— salimos juntos a un evento en sociedad.

Juzguen cuantos: Llevado acaso por la parte liberada de mi persona (la que convive con Ele) y también acicateado por la exigencia política de la misma (la que muestro ante mis colaboradores —¿por qué me recibieron con gafas de sol?—), reaccioné en una cena de doce personas sentadas cuando Priscila, siempre inoportuna, aprovechó el paso del ángel —silencio embarazoso en la mesa— para romper la calma con un viento de su propiedad y cosecha.

Digo un viento y digo tres cualidades de su exhalación intestinal. Priscila primero se tiró un pedo tronado, como para llamar la atención, seguido de un sonido de burbujas en serie y culminando con un gas faccioso —silente pero mortal— que llegó a todas las narices y echó a perder el huachinango que nos acababan de servir: más fuertes los olores de Priscila que el de alcaparras, cebollas y jitomates.

Rompí el embarazoso silencio que siguió al ataque pedorro diciendo en voz alta —repitiendo un mantra secular:

—Cállate, Priscila. No sabes lo que dices.

La conversación se reanudó. Fulano habló de las fluctuaciones de la paridad cambiaria. Su esposa, del costo creciente de los víveres en el supermercado. Zutano dijo haber recorrido la carretera México-Acapulco en dos horas y cuarto, batiendo récords aunque nadie se enteró ni le dieron un premio. Madame Zutano dijo haber regresado de un viaje a Houston con toda la ropa de moda que en México no se consigue. Perengano se quejó del precio de la gasolina y la señora Perengano de las vicisitudes del servicio doméstico.

Así, entre opiniones sobre el dinero ganado y el dinero gastado, se disiparon los inoportunos aires de Priscila, quien no se dio cuenta de su propia culpa respondiendo a mi afirmación,

—No sabes lo que dices.

con un saleroso,

—Mañana es domingo, día de guardar. ¡Albricias!

Mis pensamientos siguen otro curso. ¿Por qué dije lo que dije tras el asalto olfativo y rumoroso de mi esposa? Por desviar la atención de la grosería de Priscila con una salida que nos devolviese a la conversación interrumpida por el consabido paso del ángel.

También, es cierto, como una continuación imperdonable, aquí y ahora, de mi conversación libre y graciosa con Ele, cosa que siempre preservé para nuestra intimidad: no acostumbro mostrarme humorista en sociedad. Asimismo, como un reflejo de mi constante costumbre burocrática de poner fin a una situación con una frase a la vez cortante, graciosa e inapelable:

—El sol sale todos los días.

Pero al cabo, indebida, como una revelación social de mi mala relación con mi esposa, inadmisible *faux pas* que me debió exhibir ante la comunidad de Fulanos, Zutanos y Menganos como un individuo *malsano* por lo menos, toda vez que mi exclamación,

—Cállate. No sabes lo que dices...,

implicaba falta de dominio sobre mi mujer y sus explosivos, y ausencia de discreción cuando los cielos tronaban, pero también oportunidad y rapidez mentales para cubrir la situación y pasar a otra cosa. En consecuencia, admiración hacia mi agilidad mental aunque también sorpresa ante mi reacción de regaño enmascarado hacia Priscila, conocida por sus ausencias de la relación causa-y-efecto.

—Mañana es domingo.

Como no asisto a demasiadas cenas en sociedad, no puedo al cabo saber si las flatulencias de Priscila son excepcionales o parte de su digestión normal. ¿Cuántas veces, sin que yo me entere o nadie me lo comunique, ha desafiado Priscila la pureza del ambiente en una cena como ésta? ¿La habrían oído? ¿Se perderían sus sonoridades en el ámbito de las animadas conversaciones? ¿Se escucharían y se pasarían por alto? ¿Se comentaba con risillas sarcásticas: la mujer de don Adán Gorozpe es una pedorra?

Sintiéndome, a mi pesar, un Francisco de Quevedo y Villegas contemporáneo, me retiro aprobándome a mí mismo por la insólita capacidad de convertir la grosería física en referencia poética.

¿No escribe acaso Quevedo que es gracia del culo ser "circular, como la esfera", que "su sitio es en medio, como el del sol" y que "como cosa tan necesaria, preciosa y hermosa, lo traemos tan guardado en lo más seguro del cuerpo, pringado entre dos murallas… que aun la luz no le da", que "por eso se dijo: 'Bésame donde no me da el sol'", y añade "que la alegría reina entre las nalgas", sobre todo "el pedo… que de suyo es cosa alegre, pues donde quiera que se suelta anda la risa y la chacota, y se hunde la casa"?, cosa que no admiten mis comensales al dejar pasar por alto (y por aire) las sonoridades de Priscila, olvidando (o desconociendo) a Quevedo y sus albures: "Entre peña y peña, el albaricoque suena".

Evoco entonces los aromas de una lima abierta por la mitad y derramando las gotas de su jugo. Pasto recién cortado. Una taza de chocolate espumoso. El olor que va directo a los centros del placer, evitando los escollos de la razón. El olor como recuerdo de la emoción…

15

¿De dónde viene esta gente? Miro sus fotografías expuestas sobre la mesa y trato de imaginar el *origen* cuya pista son sus mansiones recién estrenadas o adquiridas a los ricos de antes pero deformadas por puertas penitenciarias, banderines de colores, ventanas cerradas, hombres con ametralladoras disimuladas en las azoteas, jardineros que cortan el pasto rasurado de lado, prevenidos, sus overoles cargados de armas.

¿De dónde vienen las armas? Recibo un informe: sólo en Houston, Texas, hay mil quinientos comercios de armas. Un cliente puede adquirir más de cien armas de un solo golpe, acudiendo a docenas de comercios legítimos dispuestos a vendérselas, sin averiguar más. Además, existen traficantes que contrabandean de los Estados Unidos a México. La venta de armas en el país del norte no requiere licencia cuando se trata de ventas privadas. La mayoría de las pistolas y rifles incautados en México provienen de comercios en Texas y Arizona.

La posesión de armas —recuerda el informe que esta mañana leo— es legal en los Estados Unidos y si se detiene un tráfico sospechoso entre la tienda y la frontera, el traficante tiene, de todos modos, el derecho a portar armas, consagrado en el artículo II del "Bill of Rights" —pero condicionado a la existencia de una "milicia bien regulada, necesaria para la seguridad de un Estado libre"—. ¿Se cumplen tales requisitos en la actualidad?

Interrogado un comerciante de armas, contestó que él no llevaba registro de lo vendido a otro, dijo haber vendido el negocio. ¿De qué vive ahora? —De mis ahorros —dijo desde la veranda de su mansión en Houston. —¿Cuándo se le hizo una auditoría antes de que se retirara? —Uy, eso sólo se permite una sola vez al año, pero como hay pocos auditores, a veces cada tres, cada seis años… —¿Qué clase de armas vendía usted? —Pistolas, puras pistolas. —¿Y rifles AK-47? —¿Qué es eso? *Never heard.* —Oiga, mandamos un falso comprador a su tienda a pedir doce AK-47, usted se los vendió. ¿No le pareció sospechoso? —El cliente manda, yo soy un simple comerciante.

—Yo tengo derecho a comprar armas para ir de caza. Es un derecho que me da la Constitución.

—Yo tengo derecho a vender armas. Es un derecho que…

—Yo les informo a las autoridades sobre las ventas sospechosas de armas en mi tienda. Es una obligación que…

—Yo no digo nada de nada porque si lo hago los narcos me…

Me pasan informes de armas recuperadas en México. Un rifle en Acapulco después de un asalto a las oficinas del procurador con saldo de tres secretarias muertas. Dos rifles recuperados en carreteras federales. Un rifle encontrado en Miahuatlán después de un ataque a elementos del ejército en el jardín botánico de la localidad.

Saco las cuentas.

Cinco armas recuperadas por las autoridades en México. Cinco.

Miles de armas importadas por los cárteles de la droga. Miles.

Mansiones con puertas de metal, banderines de colores, ventanas tapiadas, pistoleros en las azoteas, jardineros armados.

—Es que en un overol caben muchas cosas…

¿De dónde salieron? ¿Quiénes eran antes? ¿Se les puede castigar remontándose a su origen? ¿Encarcelando e interrogando a sus mujeres?

Como tantas veces, decido tomar el toro por los cuernos y mandar al penal de Santa Catita a Jenaro Ruvalcaba, convicto en la cárcel subterránea de San Juan de Aragón y especialista en disfrazarse de mujer para obtener información y, con suerte, sexo (sumo las veces que el licenciado Ruvalcaba nos sirve para reducir su término de prisión). ¿Por qué no envió a una mujer? Porque creo implícitamente que las mujeres son una cofradía defensora que acaba por juntarse para defenderse del macho intruso, malévolo y con añadidura, puto si puede, puto si se deja.

Entonces es el redimido prisionero Ruvalcaba quien me viene a informar que en Santa Catita hay una zona exclusiva para mujeres implicadas en el tráfico de drogas, el secuestro y el asesinato en serie. Allí se encuentra la Reina del Mambo, joven pechugona y melenuda que usa pantalón, suéter y zapatos blancos como para despistar sus virtudes. Ella maneja el dinero del jefe Viborón y para eso cuenta con una computadora en su celda, a pesar de que un custodio la acompaña todo el tiempo. Se pasea muy oronda por el patio del penal, donde se amontonan unas cien personas, incluyendo a los que vienen de afuera con comida y ropa para las reclusas. Ahí está la Chachachá, acusada de asesinar a un banquero: guapa hembra, dice Ruvalcaba, escotada y con el pelo recogido para que luzca su piel muy blanca y distraiga con su mirada entre cínica y satisfecha de su crimen. Está la Mayor Alberta, acusada de plagio y asesinato de jóvenes millonarios. Están las "Dinamiteras", acusadas de plantar bombas a discreción en la capital. Las dos son bizcas y se pintan la boca muy colorada.

La peor de todas, señor licenciado —me dice el muy cumplimentado don Jenaro—, es una asesina de ancianas que ha matado sin razón alguna a una docena de viejecitas desconocidas a las que nada les ha robado: mata por el gusto de matar y argumenta que sus víctimas estaban ya muy dadas al catre, machuchas y más felices muertas que vivas.

La más singular es la Comandante Caramelo, una gorda con la boca siempre llena de dulces que encabeza un grupo de mujeres criminales cuyo origen, señor licenciado, no son los bajos fondos, sino que todas ellas eran mecanógrafas, empleadas bancarias, vendedoras de comercios, nanas de niños ricos, o sea mujeres insatisfechas no de su miseria sino de la escasez de sus riquezas y dispuestas, me dijo la Caramelo, a ascender rápidamente en una sociedad que lo promete todo pero no dice cuándo.

—Teníamos prisa —nos dijo la Caramelo—. Nos pudimos conformar en una oficina o una farmacia. Pero ¿sabe qué, licenciado? Lo que nos prometen a nosotras ya lo tienen otras, muy poquitas, y no lo sueltan, y lo que nos prometen, en los anuncios, ¿sabe?, ya sabemos que es una pura ilusión y que no nos va a tocar, ni siquiera a plazos.

Se lleva un caramelo fresco a la boca. Arroja al piso la envoltura. Una de las Dinamiteras la recoge y la coloca en el basurero.

—¿Le llama la atención que le apresuremos el ritmo a la suerte, señor licenciado? —dice la Caramelo, dejando atónito a mi enviado don Jenaro, cuyo disfraz no le ha servido de nada.

Confieso que todos estos informes me dejan muy insatisfecho. Es como si una hidra de mil cabezas se apostara fuera de mi oficina en un piso 40 frente al Bosque de Chapultepec y yo saliese muy bravo a cortar una cabeza sólo para constatar que en su lugar nacían dos nuevas testas.

Luchamos contra un monstruo poli o multiforme, y las soluciones que se me ocurren —y que le planteo a mi gabinete de trabajo— son insuficientes, pasajeras o cuando mucho a largo plazo. Legalizar la droga, poco a poco, empezando por la mariguana. Saber que los Estados Unidos no nos acompañarán, en nombre de la libertad individual incluso para envenenarse y envenenar al prójimo. Entender que este es un problema global en la era global: corta una cabeza de la hidra, renacen dos y si cortas esas, las reemplazan cuatro...

Mis colaboradores me miran con escepticismo detrás de sus anteojos negros. Es decir: *adivino* sus miradas. ¿Son de reproche? Pues entonces que ellos propongan algo. Uno se atreve a decir:

—Adán...

—No sea igualado.

—No. Adán Góngora.

—Es un asesino.

—¿Y qué otra cosa merecen los criminales, sino un criminal más criminal que ellos? Con el debido respeto.

16

Me reúno a cenar con mi cuñado Abelardo Holguín. Me cuenta de sus desengaños en materia literaria y de su opción de entrar, en cambio, al mundo de las comunicaciones como escritor de telenovelas.

Al respecto, me cuenta su conversación con el mandamás de la cadena Tetravisión, el anciano Rodrigo Pola, de quien mucho he oído hablar porque su carrera quedó consignada en una novela prehistórica. Sé que Pola era hijo de Rosenda Zubarán y Gervasio Pola, oficial de la Revolución fusilado en 1913 junto con los compañeros a los que denunció para no morir solo —"para caer juntos" al grito de "¡viva Madero!"—. Y al cabo Rodrigo se casó con una aristócrata porfirista (¿quién se acuerda de eso?) llamada Pimpinela de Ovando y entró al mundo naciente de la televisión, donde ascendió a gerente general y poderoso empresario de los medios.

Abelardo reconoce que para llegar a don Rodrigo Pola abusó de los privilegios implícitos en el nombre de su padre. Pola no tenía por qué saber que Abelardo estaba distanciado de su famoso papá el Rey del Bizcocho ni exiliado del reino de las letras por el papa literario.

De suerte que el mágico apellido "Holguín" le abrió las puertas al joven, cuya apariencia, además, era ya una carta de presentación. Abelardo Holguín no había sucumbido a las modas juveniles que obligan a vestirse de ferrocarrilero o mendigo, sino que, entusiasta del cine hollywoodense de los años 30-40, vestía conservadoramente, con saco y corbata, como lo hacía Cary Grant. Apuesto desde luego que esta afición por el cine del pasado y la época desaparecida, que sólo en él perdura, era uno de los gustos que nos unieron a Abelardo y a mí, sorprendidos a veces por Priscila en conversaciones que a ella le parecían en clave:

—Thomas Mitchell, sólo en el año 39, aparece en *Sólo los ángeles tienen alas*, *Lo que el viento se llevó*, *El jorobado de Nuestra Señora*, *Mr. Smith goes to Washington* y *La diligencia*, por la cual obtuvo el Oscar de mejor actor de reparto —recordó Abelardo.

—*La diligencia* —recogí el tema— es una adaptación de la novela breve de Maupassant, *Bola de sebo*, y en México la llevó a la pantalla Norman Foster con Esther Fernández y Ricardo Montalbán.

—Que era el concuño de Foster, casados ambos con sendas hermanas Blaine, la más famosa de todas siendo Loretta Young.

—Que tuvo un hijo secreto con Clark Gable, concebido durante la filmación de *The Call of the Wild*, la novela de Jack London…

—Que gozó de varias adaptaciones al cine, notablemente *El lobo de mar* con John Garfield e Ida Lupino.

—Y también su biografía fílmica, con un actor que fue presentado con bombo y clamor y luego desapareció. ¿Cómo se llamaba?

—No recuerdo. Pregúntale a Carlos Monsiváis.

—O a José Luis Cuevas.

—O como instancia última y suprema, a Natalio Botana…

Descubro que Priscila nos escucha desde el comedor contiguo, escondida detrás de una cortina. Lo sé porque don Celestino no tarda en amonestar a Abelardo, como es su costumbre, y de paso a mí, lo cual no es usual.

—¿De qué hablan en secreto tú y tu cuñado en la sala?

—No es nada secreto. Son películas antiguas.

—¿Películas? —se agita don Celes—. ¿Has dicho pe-lí-cu-las? ¿Películas que transmiten secretos, eh? ¿Qué se secretean tú y Adán? ¿Qué se traen? ¿Qué complotean contra tu hermana? ¿Quién es Norman Foster, eh?

Oigo la cachetada que Priscila, al oír estas palabras, le da a la criada que sube con la ropa limpia a la recámara.

—Norman Foster es un director de cine, padre.

—Cómo no. Un di-rec-tor, ¿eh?, así nomás, como quien no quiere la cosa…

—Dirigió el *Viaje al país del miedo*.

—Ah, ya salió el peine. ¿Conque esa es la clave? ¿El país del miedo?

—Con Dolores del Río…

—No desvíes la conversación, pícaro, malandrín…

Me da risa que el viejo don Celestino use estas expresiones, atribuidas a la anciana que agarró a paraguazos a un joven asaltante en el camión Salto del Agua-Ciudadela-Rayón.

—Felicitaciones —le digo riendo a Abelardo ahora que nos reunimos a comer en El Danubio de las calles de República de Uruguay—. Te libraste de don Celestino.

—Pero tú sigues allí —dijo Abelardo sin mala intención.

—No hay nada como ser visto para volverse invisible —sonrío.

Don Rodrigo Pola, que debe andarle rascando al centenario, recibió, como digo, a Abelardo Holguín en su sacrosanta oficina de Insurgentes metido en un canasto de mimbre repleto de algodones y que acaso preservan sus energías y le dan el calor que le falta o se lo devuelven, envenenado de sí mismo. ¿Cuánto calor genera un cuervo de casi cien años de edad? Cuestión no sólo física, sino filosófica: ¿por qué hay hombres que sobreviven más allá del cálculo "normal" de la vida —¿setenta, ochenta años?—, perdiendo, es cierto, muchas facultades pero preservando o, acaso, ganando otras, inéditas hasta entonces? Da pena ver a hombres que fueron vigorosos, argumentativos, hasta peleoneros, reducidos a la mudez y a la silla de ruedas, dependiendo de las esposas a las que en vida maltrataron, engañaron, despreciaron —y de las que ahora dependen para comer, orinar, dormir y ser traídos y llevados—. ¿No valdría la pena, mejor, morir que llegar a estos extremos de humillación?

Me digo —y no se lo digo a Abelardo— que yo preferiría morir en pleno uso de mis facultades, fuerte y activo, sin jamás ser objeto de olvido y de lástima, dando pena ajena que afecta al hombre joven que visita al vejestorio al que una vez admiró y que le sirvió de modelo en la vida, ahora reducido a babear y decir tonterías en un canasto de mimbre...

Quizá por todos estos motivos don Rodrigo Pola, que mantiene sus facultades mentales, no se ha rendido a los apoyos tradicionales que la ancianidad requiere —silla de ruedas, muletas, la cama misma—, sino que ha optado por meterse en un canasto de mimbre relleno de algodones.

Así recibe a Abelardo, dándole una pasiva pero elocuente bienvenida desde ese trono algodonero donde Pola conserva y recupera las fuerzas que le quedan con un ademán de resignación elegante y una suerte de actuación —opina Abelardo— en la que ha reunido todas las fuerzas de su avanzada edad y de su debilidad física transformada en una especie de ocaso imperial.

—Como el Lama en *Horizontes perdidos*.

—Sam Jaffe, el actor.

—Frank Capra, dirigió.

—Papá, papaíto, Abelardo y Adán hablan en clave, algo se traen, debe ser contra mí, averigua, papi —bofetón a la sirvienta—, defiende a tu hija, las doce han dado y sereno...

¿Qué diría si escuchase al zar de las comunicaciones, el anciano Rodrigo Pola, conversar con el joven Abelardo Holguín, explicándole los secretos de las telenovelas?

—Señor —se dirige Pola ceremoniosamente a Abelardo; no le dice "joven", ni "muchacho" ni siquiera "Abelardo", sino "señor", estableciendo de antemano una relación de respeto que es relación de trabajo. O sea, te recibo como quien eres, Holguín, hijo del Rey del Bizcocho, pero no creas que tu parentesco te da más poderes que el de ser recibido por mí en lo más alto de la empresa.

Acaso cuente más tu pertenencia al círculo del privilegio en México. Eres parte de las cien, doscientas familias que *cuentan*, que se reparten los negocios, los puestos financieros y políticos, las invitaciones a bodas, cenas, vacaciones y etcéteras. ¿Te parece poco? Entonces despierta, señor, y date cuenta de que somos *amenazados*.

Acaso en este momento don Rodrigo Pola suspira y tú te alarmas creyendo que cada hipo del anciano puede ser el *último*. Pero vuelve a hablar, para tu admiración juvenil.

—¿Amenazados? —preguntas.

Don Rodrigo mira con desconfianza a la derecha y a la izquierda, sumergido entre algodones.

—Mire señor, dese cuenta de una cosa. Mi padre fue revolucionario en 1910. Yo nací en 1909. Me quedé solo con mi madre *doña* Rosenda que en paz descanse. Quería ser escritor. Me desengañé a tiempo. Me dediqué a lo que venía, no a lo que se fue. Ese es el problema suyo, señor. Entender qué es lo que se queda y qué es lo que va. Cuando un país se quiebra y sus élites desaparecen, otro país emerge y sus élites se confunden. Madero era hijo de hacendados, Carranza había sido senador del porfiriato. Pero Obregón era agricultor, Calles maestro, pues Villa y Zapata, imagínese...

¿Suspiró Rodrigo Pola contándote, Abelardo, lo que ya sabías?

—Pero todos eran hombres *políticos*, así los letrados como los ignorantes. Es decir, querían el *poder* para transformar al país. Y lo hicieron. Se creó una sociedad moderna, industrial, con grandes rezagos sociales, también es cierto, rezagos que mal que bien hemos tratado de enmendar. Pero ahora, mi señor don Abelardo Holguín...

Don Rodrigo peló tamaños ojos desde el fondo de su sudario de algodón.

—Ahora no vienen los revolucionarios. Vienen los criminales... los narcos... las pirujas que los acompañan... los guaruras... y como siempre, los funcionarios con cuentas de origen inexplicable en Suiza...

Toda una raza de gente viciosa, gente de una vulgaridad inconcebible, señor, gente sin clase, no son gente del pueblo, ni clase media, ni clase nada: son los *lumpen* engrandecidos por el crimen, son los robachicos de la sociedad, los arribistas más siniestros, crueles y avorazados, sin ideal alguno, listos para asesinar, explotar, corromper...

Lanzó otro suspiro final.

—¿Les vamos a contestar con telenovelas?

Dice Abelardo que el anciano sonrió. Es difícil saberlo, allá en el fondo del algodón.

—Pues sí, señor. Vamos a apostar a que mucha gente se va a aferrar a su aparatito de televisión en vez de irse a la calle y al crimen. Y aun en las casas de los criminales, quién sabe si uno de nuestros dramones toque uno que otro corazoncito y muestre, pues, el camino de la virtud...

Esta vez, la sonrisa fue amarga. Pola carraspeó (todo en él parecía final, terminante) y se incorporó hasta donde pudo en la canasta.

—¿Quiere ser escritor, me dice? Pues puede usted escoger. Hay estilos de telenovelas. Las peores son las venezolanas. La gente tiene demasiados nombres. La mitad del tiempo se les va en decirse "Francisco Edelmiro Bolívar" o "Edelmira Scarlett Miroslava" y no pasa nada porque todos se están diciendo sus larguísimos nombres. Las brasileñas son las mejores, aunque inadmisibles para nosotros. Demasiados conflictos políticos. Demasiados desnudos. Demasiado acostón. En Colombia, en cambio, se dan cita por un lado una especie de pudibundez nacional y la intrusión del crimen y la droga.

Abelardo puso cara de expectación (me cuenta).

—En México, mi señor don Abelardo Holguín, no aceptamos un solo tema de controversia en nuestras novelas. Hay los buenos y los malos. Hay hombres poderosos y malditos. Hay mujeres manipuladoras. Hay familias con hijos mixtos, buenos y malos. Pero hay —es indispensable— la criadita modesta pero honrada de la cual se enamora el niño bien, el jovencito de la familia.

Abelardo dijo desconocer el ruido que emergió del canasto. ¿Sería la risa del anciano Rodrigo Pola? ¿O su particular manera de expirar?

—No se pase de esos parámetros, señor. Todo en ese discurso está cifrado: Patria, Familia, Religión y Estado...

—¿Y la conclusión? —preguntó Abelardo.

—La criada se casa con el niño bien.

—¿Y la herencia? —se le ocurrió añadir.

—Primero la pierde.

Pola se removió en su lecho premortuorio.

—Pero luego el héroe rehace su fortuna por esfuerzo propio, no la hereda y no pierde a la novia extraída del gaterío servil.

Dice Abelardo que el anciano, al decir esto, chupó sus propias encías con un ruido terminal.

—Mire —le dijo a Abelardo—, brinde conmigo por el éxito de su trabajo. Sírvase una copa. Tome. Le aseguro que este vino nunca ha visto el sol.

17

Hasta ahora yo he tejido los distintos hilos de mi existencia con acierto. Como les he contado, mi vida profesional la cumplo con seriedad extrema, sin admitir frivolidades o desvíos de parte de mis colaboradores. Mi vida en familia disfraza mi vida profesional. En casa de don Celestino Holguín me conduzco como lo que originalmente fui: el chico humilde que dio el braguetazo con Priscila, la Reina del Carnaval. Pero ambos disfraces —el profesional y el familiar— ocultan, a su vez, mi vida erótica, mi apasionada entrega a Ele, con quien las horas de fastidio, formalidad, presunción y ausencia se convierten en momentos de comunicación, liberación, naturalidad y presencia…

¿Se da cuenta Ele de lo que su persona, su amor, su compañía, representan para mí? En verdad, no lo sé. No lo sé porque no sé, en verdad también, *quién es Ele*.

Podría pensarse en un ser frívolo, vaporoso, un ave que va de flor en flor chupando los jugos del jardín. Que si se entusiasma en un concierto de Luismi. Que si me pide frivolidades como rasurarme las axilas. Que si tal, que si cual.

Y por otro lado, qué seriedad en su conducta cotidiana. No he visto apartamento mejor arreglado que el de Ele. Todo en su lugar, casi por arte de magia. El sexo introduce un alto grado de desorden en camas, baños, clósets: nadie piensa dos veces en dejar tirados los calzoncillos, la camisa, los calcetines: prueba de la pasión, de la premura erótica. Como los gnomos de las fábulas, sin embargo, Ele lo tiene todo acomodado de vuelta en menos que canta un gallo —o en menos que yo entro al baño, me aseo y regreso a la recámara—. Todo está como si allí no hubiese pasado nada. Ele ya se vistió y me espera en el salón con el jaibol que acaba de prepararme, fresquecito. Como si el whisky con soda fuese el premio de mis pequeñas proezas amatorias.

Ele sabe que yo soy un hombre ambicioso. Sabe lo que sabe por la prensa, pero jamás me pregunta nada. Yo a veces sufro un poco por esta barrera tácita que me impone mi amor: aquí venimos a querernos, a estar juntos, a fantasear. Si te parece, yo te cuento lo que hago, Adán, yo sé lo que tú haces y no necesito comentarios: quiéreme, no pido otra cosa: ámame, Adán... Explico todo lo anterior porque esta tarde, no sé por qué motivo, me siento impulsado a decirle algo a Ele que nunca le había dicho:

—Soy un hombre ambicioso.

Ele me mira con "distancia" —distancia cariñosa, pero distancia al fin—. Saca hielo de la nevera y hace el consabido ruido con los cubitos trasladados a un recipiente de cristal cortado, como para disimular cualquier importancia que yo quiera darle a la conversación. Le agradezco este tono de normalidad. Me trae el vaso de escocés y se sienta, sonriente, a mi lado.

Bebe Orange Crush, lo que me parece no sólo una inconsecuencia sino un signo: me va a escuchar apartada de mí por la distancia que puede haber entre un vaso de *scotch-and-soda* y otro de Orange Crush.

—Soy un hombre ambicioso —repito.

Ele pesca la onda. —Dicen que has logrado cuanto te propones, Adán.

—Soy un hombre ambicioso —digo por tercera vez.

—Ya van tres veces que lo dices. ¿Por qué?

—Adivíname.

—Ok. Has cumplido tus anteriores ambiciones. Ahora tienes una nueva ambición. Eres un hombre renovado. Eres Adán, el primer hombre…

Me acaricia la mano y la retira enseguida.

—¿Por qué? —dice Ele.

—Ya lo dijiste —le devuelvo la caricia, me doy cuenta de que mis dedos llevan la frialdad del vaso de whisky que he puesto en la mesa.

—No. ¿Qué ambicionas? ¿Por qué lo ambicionas?

El lector verá por qué con Ele puedo hablar de todo y nada, de lo máximo y lo mínimo, sin temor a represalia, mala interpretación o falsedad alguna. Sin embargo, me pregunto si esta tarde que se nos viene encima, inesperada, me autoriza a hablar con mayor franqueza y si mis palabras, más que por otra cosa, no son dictadas por la tolvanera que al mediodía apagó el sol y cegó los ventanales de mi oficina.

Me tiro un clavado en la confianza que me da Ele, el contar con la temperatura de su alma —que es, para mí, cosa líquida, algo fluyente y contrastado con las aguas estancadas de mi vida familiar y profesional: Ele es agua que corre tranquila y clara.

Puedo decirle, así, que me siento amenazado. Mi vida había alcanzado, en mi ánimo, una especie de planicie en la que la satisfacción privaba sobre los restos de mi ambición y ésta, mi ambición, se sentía dominada como un tigre que, habiendo rondado libremente la selva, acechando a sus enemigos, derrotando a los débiles y lo más importante, sojuzgando a los fuertes; como si ese tigre que soy yo hubiere aceptado las reglas de la paz doméstica, la jaula en la que puede, a la vez, rondar y estarse quieto, comer sin ser comido, dormir a gusto y mirar al mundo desde la altura de una prisión voluntaria porque allí estaba encarcelado su propio poder, como una fiera doméstica que yo, Adán Gorozpe, puedo alimentar, ordenar como a un micifuz cualquiera o soltar a vagar por la ciudad infligiendo pánico y a veces sembrando muerte…

La mirada de Ele era de simpatía. No se atrevía a darle palabras a su certeza: *Eso lo sé.* El cambio —no repentino, sino muy graduado de la mirada— insinuaba un *¿y ahora qué?*, ¿hay algo que ha roto tu confianza, Adán, te han puesto pesos en las alas, vuelas más bajo que ayer, mi amor?

Le cuento que, como Ele sabe, yo siempre he comparado mi vida, mi profesión, y la sociedad en la que me muevo a una paradójica celda de la libertad: libre porque lo soy yo, en una jaula, sí, porque lo es toda sociedad humana, enjaulada, pero una jaula dominada por Adán Gorozpe, ¿me entiendes?

—No niego los límites de mi libertad. Los soporto porque mi poder es mayor que mi libertad, ¿me entiendes?, ¿me crees?

Como en una ópera de Puccini situada en una bohardilla de bohemios, Ele dice muy quedo,

—Sí.

Jamás se atrevería a pedirme una explicación y confieso que a mí me cuesta darla. Me daña una duda: ¿merece Ele algo menos que mi sinceridad absoluta? ¿Hasta qué grado ser sincero con un amante es darle a éste cartuchos para un fusilamiento futuro? ¿Ser sincero con el ser que ahora, en este momento, conjuga y acapara mi pasión es darle armas al mismo amante cuando deje de serlo?

El lector entenderá que mi otra relación "sexual" con Priscila ya estableció reglas de conducta inviolables. Ella es quien es y hace lo que hace: todo es previsible, veintiún años de convivencia lo confirman. No hay nada en el maquillaje matrimonial de Priscila —Adán que nunca solicita cambio, divorcio ni lo mande Dios—. Priscila es mi continuidad, mi permanencia y si ella, en lo personal, no me da grandes alegrías —todo lo contrario—, sí que me da seguridad y calma. En ese terreno, las cosas son como son. Priscila dice necedades. Don Celes pega de gritos. Abelardo se va de la casa. A la criada la tratan a cachetada limpia.

Es aquí, con Ele, donde mi alma se llena de verdadera satisfacción, si es que estar satisfecho no es, en sí mismo, una insatisfacción en el sentido de que reserva hieles imprevisibles para las mieles de hoy. Tal es el gran *volado* erótico: si me lo das todo hoy, ¿me lo puedes quitar todo mañana? Nos sentimos libres del lazo matrimonial que puede ser la cuerda al cuello del condenado. Y nos sentimos amenazados porque, sin el compromiso legal, la libertad puede, para ser libre, liberarse de toda obligación y dejar a uno de los amantes abandonado en una isla solitaria sin más compañía que los arrepentimientos, las torcidas ordalías de los celos, la nostalgia, todas las deudas de la tristeza amatoria...

¿Que hay divorcios? ¿Que hay separaciones? Nada de esto cuenta para la pareja que se desea y cumple su deseo. Nada más cuenta. Y nada más cuenta porque la pasión cubre todo el espacio de las existencias, no deja ventana, puerta u hoyo por donde escapar. ¿Es la sinceridad la virtud o la condición del terror y fervor eróticos? Esto es lo que voy a poner, con toda clase de reservas, miedos y audacias, a prueba con Ele esta tarde de los crepúsculos apagados por las tolvaneras de la época seca de la ciudad.

¡Qué lejos quedó diciembre!

18

"Que a nadie se le ocurra sucederme. Ni lo piensen".

—Ni siquiera pienses. Él lo sabe todo.

—¿Hasta lo que pienso a solas?

—Te digo que él lo sabe todo. Es adivino.

—¿La lealtad no basta?

—Al contrario. Mientras más leal eres, más sacrificable serás. O menos confiable, no sé.

—Entonces, ¿qué diferencia con estar en la oposición?

—Muy poca. Si eres opositor, estás más protegido que si eres colaborador.

—¿La lealtad no basta?

—Más vale sacrificar a los leales que sacrificarse o ser sacrificado. El líder supremo no tolera que nadie le haga sombra. Nadie puede tomar vuelo propio.

—¿Qué pasó con Largo?

—Lo entambaron. Luego lo visitaron en la cárcel y le dijeron, "si te declaras culpable, te salvas". Se declaró culpable y lo fusilaron.

—¿Dónde está enterrado?

—En tumba anónima.

—Pero era parte de nuestra historia; merece reconocimiento…

—Ha sido exiliado de la historia.

—¿Y qué pasó con Bobby?

—Ya no tiene privilegios. Confesó sus errores.

—¿También lo fusilaron?

—No, ahora trabaja en Xochimilco de trajinero. Es lo que llaman "el plan piyama". En vez de fusilarte, te conviertcn en jardinero, en chofer, en...

—En trajinero de Xochimilco.

—"Que a nadie se le ocurra sucederme". Así es.

—¡Pero si va a cumplir noventa y nueve años!

—Que ni siquiera lo piensen...

—Ni siquiera ni siquiera ni siquiera...

—Lo piensen lo piensen lo piensen...

—Adán Gorozpe es el líder mexicano de por vida.

Desperté con un sofoco alarmado. Me toqué la frente. Una pesadilla.

19

No, esta no era la pesadilla. Era la realidad. Adán Góngora ha sido encargado de la deteriorada seguridad pública y ha hecho sentir sus métodos inmediatamente.

—Todos somos cadáveres por venir —ha sido su primera y macabra declaración a la prensa.

¡Quién lo viera! Góngora es un hombrecito gordo y chaparro con cara de jamón cocido y peinado de prestado cubriéndole la calva. La gorra lo hace ascender un par de centímetros. Se niega, en cambio, a usar tacón cubano. Se ufana de que con estatura tan baja tenga poder tan alto. Ha sido nombrado para imponer una semblanza de orden en el creciente caos de la República.

Hace declaraciones contundentes:

—Todos sabemos que la seguridad nacional es insegura. Las fuerzas del orden se alían fácilmente con las fuerzas del desorden. Los policías ganan sueldos de miseria. Los criminales les multiplican el sueldo. De tres mil pesos mensuales a trescientos mil, ¿qué tal? El Ejército nacional hace labores impropias de la fuerza armada. Es un Ejército dedicado a labores de policía y derrotado por los criminales, mejor armados que ellos, ¿qué tal?

Y aquí viene la solución de Góngora:

—Yo haré una limpia de las fuerzas del orden. Menos policías y mejor pagados. A ver si así... ¿Qué tal?

A ver. "Todos somos cadáveres por venir. ¿Qué tal?".

Su puesto le permite a Góngora entrar en sociedad. Recibe invitaciones. Las hace. Todos quieren que Góngora los proteja. Hasta mi suegro el Rey del Bizcocho le ofrece una cena al diminuto policía.

—Póngale cojines en la silla para que alcance la sopa —le sugiero a mi suegro, quien no desconoce mi mala opinión de Góngora.

—Ah qué este Adancito tan guasón —guasea el Rey del Bizcocho.

Voy a precipitar el relato porque no tiene caso andarse por las ramas en vista de lo sucedido. Ya tienen contado el retrato de Adán Góngora. Ya saben que es, para desgracia, mi tocayo, de suerte que en la mesa de esta cena cuando alguien se dirige a Adán no sabemos si es Adán Gorozpe —yo— o Adán Góngora —él—.

Todo esto es sólo el preludio. El telón se levanta y lo que mis ojos ven y mis sentidos captan es asombroso. Góngora no cesa de hablar. Sabe que él es la novedad. Sabe que él es la estrella. Quizá sea inteligente y entienda que, pasada la novedad, las estrellas se apagan, nadie las mira más. Es, obviamente, un hombre inculto. Es, también, un tipo sospechoso y sagaz porque sospecha de la sagacidad de los demás. Igual que cuanto dice no lo puede repetir en otra ocasión, primero porque todos sabrán lo que va a decir, segundo porque aburrirá a todo el mundo.

Lo observo parlotear con una intención de sorprender y otra de asustar a los invitados a la mesa de don Celes. Si es inteligente, no volverá a aceptar una cena en esta casa. Adán Góngora es de esos hombres que en una sola ocasión dan todo lo que pueden o saben dar. Socialmente, mueren de un tiro. Pero no lo saben y la segunda vez provocan el bostezo y suscitan el ridículo. Esto los ofende gravemente y entonces actúan con crueldad. Las palabras se les agotan. Les queda la acción. Y ésta, rencorosa, es punitiva.

Entiendo todo esto viendo a Góngora actuar en la cena que le ofrece mi suegro. Pero no es esto —tan previsible en las esferas del poder— lo que más me llama la atención.

Priscila no le quita los ojos de encima a Góngora. Y Góngora, por más que parlotee, a cada rato se dirige a Priscila, la mira y la *engrandece*. Conozco, ¡ay!, demasiado bien a mi mujer y me doy cuenta de que, acostumbrada a la atención de todos cuando era la Reina de la Primavera y la Princesa del Carnaval, ya no teme, después de casarse conmigo, ganarle kilos a las dietas y aumentarle hojas al calendario. Ya nadie volvió a cortejarla.

Ustedes saben que esto no me aqueja. Es, más bien, parte del plan maestro de mi vida. Abogado severo. Marido convencional. Amante ardoroso. La oficina. Priscila. Ele. Todo en este discurso etc.

Y ahora este intruso viene a desajustar mi vida tan severamente ordenada. Este metiche, que además es mi tocayo, mira con ardor creciente a Priscila y mi mujer se sonroja, baja los ojos, los abre para el señor Góngora, se deja querer, se…

Hago algo impropio.

Algo vergonzoso.

Dejo caer la servilleta y me inclino a recogerla.

Observo lo que pasa debajo de la mesa.

No doy crédito.

Mi Priscila y él, Góngora, juegan *footsie* bajo los manteles, se tocan las puntas de los pies, Priscila se quita una zapatilla color de rosa, Góngora (con más dificultad) un botín y ambos se regocijan en este encuentro de extremidades que es tan sólo el prólogo de intimidades.

El cuadro de mi vida cambia en ese instante y me propone enigmas y desafíos desacostumbrados en zonas que creía ordenadas para siempre.

20

Antes que nada, observo con discreción los actos con los que Góngora se propone restablecer el orden.

Entra a sangre y fuego a los campamentos denominados *Gorozpevillas* para mi deshonor e injuria, acusando al mundo de los negocios y el dinero de la pobreza y marginación de estos seres a los que ahora Góngora apresa, encarcela y maltrata acusándolos de vagos, malhechores y lacras sociales, cuando todos saben que la mayoría son gente de clase media media o media baja que perdió empleos, ahorros, apartamentos y no tuvo más remedio que venirse a vivir a las ciudades perdidas de los aledaños de la capital.

Empleos y ahorros. También hogares, casas en zonas residenciales que de un día para otro no pudieron pagar hipotecas. Gente hábil pero poco previsora, pues, reducida a la miseria que siempre rodea los islotes de la relativa prosperidad en México.

Asimismo, han venido a dar a las *Gorozpevillas* —¡vaya con el nombrecito!— cantidad de braceros, trabajadores migratorios que ya no encuentran salida. La frontera norte se selló y tienen que quedarse aquí, sin empleo y sobre todo sin programas oficiales de trabajo porque vivimos en el mercado y el mercado se ocupa de resolver los problemas de la oferta y demanda laboral, ¡sí cómo no!, exclamo desilusionado con la propia filosofía que me encargué de consagrar: el Estado es malo, el mercado es bueno, el Estado es un ogro, el mercado es un hada…

Aquí es donde entran las fuerzas del orden comandadas por Adán Góngora a soltar perros asesinos, prenderles fuego a las miserables barracas, destripar camas y sofás, darles garrotazo a los que se resisten a abandonar los lugares, y a los que no se resisten también, y yo me pregunto, si ya abandonaron por necesidad sus hogares en Anzures y Patriotismo para venirse a las mal llamadas *Gorozpevillas*, de aquí, ¿a dónde se irán?, ¿qué les queda? Si ya están en los márgenes de la capital, ¿qué les queda?, ¿la montaña, el volcán, el campo raso, Cuernavaca, Toluca? Misterio. Ya veremos. Acaso Góngora tiene un plan maestro que desconozco pero adivino: ¿será demógrafo mi siniestro tocayo?, ¿prevé desahogar al Distrito Federal de su población excesiva y obligarla a emigrar a la provincia?

Vean lo buena persona que soy. Pienso lo mejor de Góngora. Me fuerzo a pensarlo por el bien del país. Fugaz ilusión. No tardo en desengañarme.

Día con día, la represión se extiende de los toldos levantados a orillas del ferrocarril a los que encuentran trabajo en ferias y circos —payasos, equilibristas, caballistas, enanos, vendedores de pepitas, camotes poblanos y chongos zamoranos—. ¿Qué culpa tienen?, quizá ninguna, lo que pasa es que Góngora va contra tirios y troyanos, tiene que demostrar su *fuerza* y eso significa que va contra *los débiles*, no contra *los criminales*. ¿A qué hora se atreverá con *los fuertes*? ¡Ja!

Hay redadas de drogadictos, de delincuentes mentales, de indigentes, de borrachos, de putas y putos, de gente que nada terrible ha hecho pero que son identificables como "lacras de la sociedad", así los define Góngora y yo me pregunto ¿hasta dónde piensa llegar?, y me contrapregunto ¿por qué no ataca a los culpables sino a las víctimas?, y me recontrapregunto ¿a qué hora me toca a mí?, ¿cuándo se volverá Góngora contra mí, a) por ser rico y b) por estar casado con Priscila?

El inciso a) empieza a llenarse de sentido a medida que Góngora va ascendiendo sus actos de violencia contra los pobres primero, contra los empobrecidos segundo y contra los ricos al final. Me doy cuenta —¡claro que sí!— de que estas medidas escalonadas cuentan con la aprobación pública, más animada por el rencor que por la justicia: Góngora encuentra culpables donde sólo hay víctimas, pero no accede al castigo contra los ricos, y esto le dará más laureles que si entambara a Al Capone. Lo veo ir y venir, pequeño e intruso, peinado de prestado, en fotos y noticieros y lo que es peor, en mi propia casa, que es la de mi suegro don Celestino Holguín, donde Góngora viene a "tomar el té" con la famosa ex Reina del Carnaval de Veracruz, o sea mi esposa.

Todo lo cual me conduce al inciso b) y a la renovada circunstancia de mi mujer doña Priscila. Porque si primero el *capo* Góngora viene a tomar el té a casa del Rey del Bizcocho, poco después ya no viene pero Priscila va. ¿A dónde va? Deja dicho que con su prima Sonsoles, lo cual es fácil de confirmar: —No, Adán, Priscila no está aquí. Hace meses que no la veo. Chaucito, Adán.

Esta falta de discreción de parte de Priscila sólo me comprueba que la Reina del Carnaval miente más que el propio Rey Momo y no toma precauciones porque no está acostumbrada, ¡bendita!, al engaño que yo, ¡saleroso!, practico con refinada astucia.

Me pregunto, macho de mí, si existe comparación entre la toma de mi mujer y la toma del poder. Para casi todos nosotros, conquistar a una mujer es prueba suficiente de hombría y, relajados, regresamos a nuestras ocupaciones varias. Para algunos hombres, dignos de lástima, tomar el poder es victoria suficiente y ya nada más les hace falta: la mujer es dispensable, ama de casa, delantal sin rostro. Para otros —y creo que Góngora cae en esta categoría maldita—, tener poder y tener "vieja" son sinónimos que se complementan a todo dar. Lo entiendo, señores, porque yo también pertenezco a esa categoría. Tengo poder y tengo amante, ¡válgame Dios y no averigüen ustedes más!

Lo más sorprendente, empero, es la transformación que estos hechos operan en Priscila, una mujer a la que yo creía conocer como a un guante y ahora me resulta ser un puño de hormigas a las que yo no controlo. ¿Qué ha sucedido? No pienso dar sitio a la banalidad de banalidades: Priscila tenía urgencias sexuales que yo desconocía. Se adaptó a nuestro modo de vida porque se dejó llevar, como la mayoría de las mujeres. Confort. Marido. Casa. Criadas. Era difícil imaginar a Priscila en otra postura, por ejemplo, como la Chachachá entambada en la cárcel de mujeres de Santa Catita. Sin embargo, la Chachachá me resulta una monja al lado de las demencias que sospecho en mi mujer y la Reina del Mambo es más leal al gángster Viborón que la Reina de la Primavera a mí.

21

Nada de esto interrumpe la feria de la vida:

La A.M.M. (Alianza por la Moral Mexicana) intensifica su campaña contra los homosexuales. Las familias se organizan contra los *gays*, incluso y sobre todo si se trata de sus hijos. Son padres de familia con alardes de valentía. Casa donde hay un chico homosexual, casa donde el corajudo paterfamilias pone un letrero en la puerta:

AQUÍ VIVE UN PERVERTIDO

Pervertido y *perversión* son palabras favoritas de la A.M.M. y su recomendación publicitada es

¡CUIDEN A SUS HIJOS!

Éstos, sin embargo, se han organizado de una manera sorprendente. Entrevistado por este periódico, un joven llamado "Orquídea" reveló el "estado precario" de su vida desde que salió del clóset. "Mis amigos desaparecen y luego aparecen muertos", dijo. "He tenido miedo de salir de mi casa, aunque allí mi propio padre dice que me prefiere muerto que puto". Y añade: "Mi papá me admite en casa porque dice que en la calle acabaría muerto". "No me importa", le respondo con desafío. "Más vale puto que muerto".

El gran número de casas y apartamentos desalojados por sus ocupantes a causa de las hipotecas vencidas o impagables ha alentado un nuevo negocio en esta ciudad capital.

La competencia entre agentes inmobiliarios los lleva a desacreditar al contrincante y éste, a su vez, intenta desacreditar a aquél. Algunas muestras recientes:

- "Visite la propiedad ofrecida en la calle de Acatempan Sec. Famsa. Digamos: si esta casa no le espanta, es que usted no es espantable".
- "La casa anunciada en la avenida Masaryk parece un burdel africano".
- "Si tiene sentido del humor, visite el apartamento ofrecido en Vallejo y muérase de la risa".
- "No se deje engañar. La propiedad puesta a la venta en Eje Sur está situada al lado de un basurero municipal. ¡Huele!".
- "¿Es usted masoquista? Entonces le agradará la casa ofrecida en Virrey de la Cerda".
- "El apartamento dado en renta en Calzada San Joaquín tiene caca de cucarachas en los clósets. ¡Cuidado!".
- "¿Le gusta la edad de las cavernas? Entonces acuda de prisa y rente la casa sita en el mal llamado Rincón del Cielo antes de que Trimalción la alquile".
- "Si quiere saber lo que le espera, acuda en secreto al foyer del edificio en la esquina de Zarco y Valerio Trujano y díganos si confía en la siniestra pareja de porteros".
- "Pase un solo día de su vida en la recámara del apartamento ofrecido en Plaza Popocatépetl para saber lo que se siente ser espiado por los vecinos".
- "¿Se siente a gusto en un calabozo? Entonces no deje de alquilar el miserable sótano ofrecido como lujoso apartamento en Jardín Pushkin".

Una señora de cuarenta y tantos años se ha presentado en nuestra redacción diciéndose mamá del Niño Dios que predica en la esquina de Insurgentes y Quintana Roo. Al preguntarle nuestro reportero si era la Virgen María, contestó enfáticamente que sí. Obligada a someterse a examen por una de nuestras enfermeras de planta, su pretensión quedó descalificada.

En sonadas declaraciones de prensa, don Adán Góngora, encargado de la seguridad nacional, anunció su profunda nostalgia hacia la larga época de la dominación del Partido Revolucionario Institucional, cuando los sindicatos eran sólo del gobierno, no existía realmente el derecho de huelga, los trabajadores estaban sujetos al patrón y el patrón era progobiernista. Añadió el señor Góngora que si decía esto era, repetía, por nostalgia, aunque se daba cuenta de que lo que pasó no puede volver a pasar. Ahora la situación es distinta y exige medidas novedosas. Los articulistas más críticos han visto en estas declaraciones una intención de endurecer las medidas de seguridad, aprovechando la nostalgia de un pasado malo para prevenir el horror de un presente peor.

El Niño Dios de los domingos ha protestado enérgicamente contra el usurpador que dice llamarse Jenaro González y pide que de ahora en adelante se identifique a los numerosos imitadores del Santo Niño que van surgiendo por una seña particular en el cuerpo que sólo él tiene. El Niño se abstuvo de revelar este dato por miedo a que los imitadores se manden tatuar signos semejantes. ¿Será en las posaderas? Es pregunta.

Un notable astrofísico de la Universidad Nacional Autónoma, cuyo nombre nos pidió omitir, estima que el cometa que numerosos ciudadanos vieron pasar anoche no es tal, sino un simple cambio de posición en el cielo con relación a estrellas fijas. El sabio dijo que este fenómeno se llama "Parallax", o sea la posición de un planeta tal como es observado desde dos puntos separados.

Un prelado que nos pidió omitir su nombre respondió con rapidez a la anterior aseveración, recordando que en 1531 el cometa Halley apareció el mismo día que Nuestra Señora de Guadalupe, por lo cual no es posible excluir la verdad religiosa a favor de la superchería científica —dijo el prelado en cuestión—. Interrogado acerca de la significación religiosa del cometa de ayer, el hombre de la Iglesia dijo que haría falta saber lo que no se sabe aún pero que se revelará un día. Esta declaración ha sido recibida con aplausos por la comunidad de los fieles.

La profusión de turistas chinos obliga a nuestros meseros a aprender mandarín en vez de inglés, como antes. Además, el viajero oriental exige comedores privados, lo cual obliga a nuestros restauranteros a dividir los espacios de sus anchurosos locales, ayer orgullo de la industria comes-y-bebes-tible, ahora divididos por canceles, paredes y murallas de toda especie. "Hay que darle gusto al cliente", explica el gerente del afamado restorán Bellinghausen de la Zona Rosa.

Se ha hecho notar que numerosos profesionistas han abandonado sus ocupaciones tradicionales, creando un peligroso vacío de médicos, abogados, ingenieros y arquitectos. Interrogados al respecto, los interesados han replicado, como si se hubiesen puesto de acuerdo, "ahora somos mentores". El curioso y mal pensado reportero inquirió si ahora se dedicaban a las mentadas de madre. A lo cual, indignado, el portavoz del grupo (pues se han agrupado) respondió: —Sólo queremos ser nuestros propios jefes. (Queda pendiente el misterio.)

En rueda de prensa, los dirigentes para la Alianza por la Moral Mexicana (A.M.M.) dieron inicio a su campaña nacional contra el homosexualismo. "En este país no necesitamos ni mendigos ni putos", declaró el presidente de la A.M.M.

"Vamos a purificar a la nación" añadió, concediendo que a los homosexuales identificables se les puede, según la gravedad de sus conductas, robar, secuestrar y matar. Un padre de familia furibundo dijo que su hijo *gay* decidió llamarse "Ángela" en vez de "Ángel" y procedió a cambiar acta de nacimiento, títulos colegiales y pasaporte, creando una confusión infinita que le hace perder horas y más horas a la burocracia nacional. "¿Qué tal si todos los maricones deciden cambiar de nombre y documentación?", preguntó el indignado padre de familia. El presidente de la A.M.M. concluyó declarando: "Recuerden todos que México es un país religioso, conservador, y *violento, muy macho…*". "Que los castren", añadió furibundo el cruzado de la castidad.

22

Observo los movimientos de Góngora. No me doy por enterado de sus presumibles amoríos con mi pobre esposa ni me manifiesto públicamente contra sus violentas y arbitrarias medidas de seguridad.

Observo y mido mi tiempo.

Sé que él me buscará: me busca.

No sé qué quiere: algo quiere. Hay un poco de presunción en su actitud. Y otro poco de amenaza.

Yo lo recibo en mi oficina con cortesía y cara impávida.

No me mido, sin embargo, cuando Góngora se acerca a mí con la pérfida intención de darme un abrazo. Como el lector sabe (y si no sabe que aprenda), en México el abrazo entre hombres es un rito imprescindible de la amistad y Góngora no quiere faltar a él. Sólo que mis instintos más profundos lo rechazan, no tanto porque no deseo tocar al sujeto sabiendo que la cortesía me impone al abrazo, sino porque sospecho que Adán Góngora sufre de un caso alarmante de halitosis: le precede un tufo de indigestión maloliente, como si al miserable la mierda le saliese por la boca y en el culo habitasen sus palabras. El hecho es que sospecho. Se acerca con aire de elote de feria, pulque espeso y nauseabundo, eructo insolente, trapo sucio en la lengua y olor a animal muerto en las encías.

¿Cómo evitarlo?

No puedo. La cortesía se impone. Compruebo mi razón. Adán Góngora *apesta*. Creo que hasta hace alarde de su olor de descomposición intestinal. Su presencia me provoca horror y duda. ¿Cómo puede mi mujer Priscila, que es idiota pero pulcra, aguantar semejante hedor? Y la duda. ¿Es consciente Góngora de su propia peste y la cultiva como un elemento más de su prepotencia: a ver, bribón, atrévete a abrazarme sin taparte las narices? Y oye: en ello van tu salud y tu vida, miserable.

Nos abrazamos pues, con todas las prevenciones de una y otra parte que el lector imagina.

Todo con tal de entrar en materia.

—¿Qué lo trae por aquí?

—Mire Gorozpe, las tareas de seguridad imponen deberes que a veces no son agradables, aunque, eso sí, necesarios. No trato de engañarlo…

—Ah.

—Por ejemplo, la amistad. ¿Qué tal?

—Ah. Cómo no.

—Yo trato de impedir que mis obligaciones y mis amistades se confundan en la misma torta. ¿Qué tal?

Sonrío. —Las cebollas por aquí, los tomates por allá —Góngora no ríe—. Sólo que al llegar al poder… —vuelve a sonreír—. ¿El poder? No se lo crea usted. El poder… ¡Vamos…! El poder… No se ande…

¡Me interrumpe! —El poder impone obligaciones nada pero nada agradables, ¿sabe usted?, ¿me entiende?, ¿qué tal?

—Lo sé, lo sé. ¡No lo sabría!

—Por ejemplo, resulta que el amigo de ayer sigue siendo el amigo de hoy, sólo que…

—¿Sólo qué…? ¡Ah! Cuénteme…

—Ahora yo sé cosas del amigo de ayer que desconocía en el amigo de hoy. Qué tal.

—¿A saber?

—No, no me obligue a adelantarme.

—Señor Góngora, usted es mi huésped. Yo no lo obligo a nada.

—Pues ahí tiene. Ayer nomás, yo era un ciudadano privado y con buena fama… ¿Qué tal?

Me abstengo de sonreír.

—… aunque mis enemigos no lo crean.

—¿Y sus amigos?

—Usted, ¿es mi amigo, señor licenciado?

—No soy su enemigo, si eso es lo que le preocupa.

—No, ¿es mi amigo?

—No aspiraría a tanto —vuelvo a sonreír y ruego al Altísimo que no me arrebate la sonrisa, porque eso le daría gran gusto a mi interlocutor.

Él mueve los labios de forma siniestra. —Entonces, sería a medias nada más, así, así…

—Usted sabe que un hombre como yo trata a muchísima gente. Con cortesía cuando la merecen; con amistad, rara vez.

—¿Y con grosería?

—Nunca, nunca. Fui bien educado, ¿sabe?

Góngora era de fierro. No se dio por aludido.

—¿Considera una majadería atacar a un hombre con el que sólo ayer platicábamos cortésmente…?

—¿Cenábamos en casa de su suegro? —me adelanté con ambigüedad maliciosa.

Él no registró la alusión. —Suponga que al llegar al poder uno se siente obligado a investigar a un hombre que ayer nomás era, pues, si no su amigo, sin duda un respetable conocido…

—Supongo, sí.

—Y que al llegar al poder se conocen datos, se presentan pruebas, de que ese amigo, o conocido, como usted indica, es un *malhechor*. ¿Qué tal?

—Lo veo, lo estoy viendo —le aludo a la pared.

A Góngora se le alumbran los anteojos de aro metálico.

—¿Qué haría, señor Gorozpe?

Pongo mi cara más amable. —No me pregunte a mí; obviamente, se trata de un problema suyo. Yo, ¿sabe?, no tengo enemigos. ¿Y usted?

—Yo tengo un puesto público. ¿Qué tal?

Interrogo sin decir nada.

—Y eso me obliga a actuar, a veces en contra de mis sentimientos más nobles…

Ahora sí que pongo cara de sorpresa condimentada con burla.

—Ni modales —interjecta, popular—. ¿Qué tal?

—¿Qué se propone? —junto los dedos de ambas manos y las acerco a la barbilla.

—No, proponer no, don Adán —yo *hago*, no *propongo*.

—Entonces, ¿qué hace?

—Cumplo. ¿Qué tal?

—¿Con quién? O ¿con qué?

—Con mis obligaciones.

—Parece que le pesan…

—Cumplo hasta con mis amigos. ¿Qué tal?

—Sus conocidos…

—Sí. Los *arruino* si así lo quiero. ¿Qué tal?

—Pues adelante, señor Góngora. ¿Qué se lo impide?

Se puso de pie. Se despidió. Salió de mi despacho.

No sin que yo lo detuviese para darle un abrazo.

—Me tiene sin cuidado ser querido o ser odiado —declaró al abandonar mi despacho.

23

Puedo deducir muchas cosas de la visita de Adán Góngora a mi despacho. Me limito a tres de ellas: 1) Góngora ha querido intimidarme, dándome a entender que su poder es muy grande. Tan grande como su *estatura escasa*, invitándome a revisar la trayectoria de su brutalidad e inquietarme con la pregunta, ¿cuándo te toca a ti? —es decir, a mí…—.

Yo tengo previsto todo esto y por el momento me limito a dejar constancia de dos cosas, a) Que entiendo el propósito de Góngora y b) Que no pienso caer en su trampa y dejar que el diminuto individuo me asuste.

La otra cuestión sería: 2) ¿Qué puedo hacer yo para adelantarme a los malos propósitos de Góngora?

Y la cuestión no dicha es que 3) Góngora se presentó en su capacidad oculta de amante de mi esposa Priscila, la Reina del Carnaval, claro, sin aludir siquiera a lo que podría o no saber, que yo mismo no le soy fiel a Priscila y que Priscila, en estricta justicia, tendría derecho a los mismos privilegios eróticos que yo, sobre todo considerando que durante veintiún años nuestra relación se ha reducido a jugar con escapularios que ella usa para cubrirse el sexo, sin mirarme el mío.

Me quedan, dicho lo anterior, numerosas hipótesis acerca del segundo inciso de la trama. Mi mujer Priscila, como ustedes saben, es una aturdida dama que dice cosas sin lógica ni propósito. Que esto pueda excitar a determinado tipo de hombres, no lo dudo. Que un acercamiento erótico a Priscila sea recibido con un ¡sálvese quien pueda! o ¡Colgate da más brillo! o ¡Voy por la vereda tropical! o más a propósito ¡El acero aprestad y el bridón! puede ser motivo —para quien no tenga la costumbre— de variada excitación. Me acuso a mí mismo, señores: ¿el hábito me ha hecho perder la noción de la secreta sexualidad de una hembra que fue deseada por los más codiciados galanes de su época —tan *codiciada* que al cabo no se casaron con ella, adivinando, acaso, un *peligro* en la persona de Priscila que yo, miserable de mí, no he podido percibir o he sofocado sin compasión—?

Estudio a mi mujer y no distingo en ella nada que la diferencie de la señora con la que llevo veintiún años de matrimonio. ¿Será mi culpa? ¿Tendría Priscila encantos que yo ya no aprecio, dada la fuerza de la costumbre? ¿Se necesitan ojos nuevos —así sean tan miopes y desagradables como los de Adán Góngora— para *ver* las virtudes de Priscila, las que yo ya no reconozco pero otros *sí*?

Estoy, por todo ello, al borde de una decisión que puede ser fatal. Redescubrir a Priscila. O mejor dicho, *he descubierto*, ya que me casé con ella sin amor, permítanme admitirlo, como simple ardid —*braguetazo* lo llaman— para iniciar mi carrera casado con una mujer rica y en el seno de una familia encumbrada.

Ahí está: admito mi culpa. Me declaro, *ab initio*, un sinvergüenza, un arribista, un tipo despreciable. Y al hacerlo me siento *limpio*, drenado de cualquier pecado cometido en aras de mi ascenso, por el sentimiento de que quizá, si consulto a fondo mi alma, hallaría allí la verdad, *otra* verdad: sí, me enamoré de Priscila, no de su fortuna; sí, la deseé y me sentí victorioso sobre los pretendientes que, según se dice, no pensaban casarse con ella...

¿Quién lo dice, a ver? ¿Qué tal si Priscila era cortejada seriamente por los chicos del Maserati y escoge al mejor chofer de lujo? ¿Qué tal si yo no llegué a ella como un pior-es-nada masculino que se encontró —por azar, por fortuna, por lástima— a su pior-es-nada femenina, sino que la conquisté, se la arrebaté a los galanes del género Maserati y ella me prefirió a mí sobre los millonetas que la asediaban?

¿Qué tal?, como rubrica sus frases Góngora.

Uno se fabrica razones que son ilusiones sobre los restos de antiguos sentimientos evaporados desde hace tiempo. Uno rehace su vida amorosa con el libre engaño que da el tiempo. Uno engalana con listones lo que no es más que un árbol seco desde hace veintiún años. Uno...

Rechazo el movimiento de mi alma, que despierta y se dirige hacia Priscila hoy como, acaso, hace veintiún años. Sólo que veintiún años, *malgré* la filosofía del tango, sí son algo, y corro el peligro de inventarme una vida sentimental que nunca sirvió para justificar algo totalmente ajeno a mi primera (y subsecuente) relación con Priscila.

—Nunca estuviste enamorado de ella —me fustigo mentalmente—. Sólo querías ascender. Querías seguridad. Querías la protección de una Priscila rica, nada más, sinvergüenza, hijo de puta...

Esta autoflagelación cesa, sin embargo, cuando me digo a mí mismo que, cualesquiera que hayan sido mis motivos iniciales para casarme con Priscila, el hecho es que he vivido con ella más de dos décadas. Somos *pareja*. Somos *matrimonio*. Somos vistos como tal, como tal nos invitan a fiestas, nos sientan a la mesa, nos perdonan, ¡ay!, los malos aires de Priscila porque, ¡no faltaba más!, es la señora de Adán Gorozpe y tiene derecho a flatular cuantas veces quiera...

Mas, ¿cómo se conlleva este sentimiento con otro que me asalta vengativo, indeseado, escondido como está en el fondo secreto de mi vida: la relación con Ele? ¿Puedo reprocharle a Priscila sus amores (supuestos) con Góngora mientras yo me dedico (comprobado) a mis amores con Ele?

Me asalta un terror. En este razonar mío pasé por alto lo más importante. Si revisan ustedes mis palabras (háganlo, se los ruego) observarán que al principio dije que Góngora sabía que no le soy fiel a Priscila y que mi mujer tendría derecho etcétera. Pero no, Góngora no tiene por qué saber de mi relación con Ele, yo la he mantenido en el más absoluto secreto, nada en la actitud de Góngora indica que él sepa de mi vida con Ele, *nada*.

¿O *todo*? ¿Lo sabe todo, lo más recóndito? ¿No hay secretos para Góngora? ¿Nos tiene a todos capturados en el puño de su oscura mano llena de anillos de plata y amatista?

Nada, nada me autoriza a pensar que Góngora sabe. Y nada, nada me autoriza a pensar que Góngora *no* sabe.

¿Será esta la verdadera perfidia de su visita a mi despacho? ¿Torturarme como me torturo imaginando que Góngora puede o no saber de Ele? Porque él puede acostarse con Priscila y yo me quedo tan tranquilo (es mi propósito, si así fuese). Sabe que puede lanzarse contra mis intereses financieros y yo tan tranquilo porque me siento impermeable a cualquier ataque local: mi fortuna está puesta a buen resguardo en lugares e instrumentos que no tengo por qué revelar aquí...

Mi flanco débil es Ele.

Si Góngora me ataca por allí, entonces sí que puede herirme... fatalmente, en la medida en que no puede atacar a Ele sin dañarme a mí...

24

Otra pesadilla:

Adán González se aparece en mis sueños.

Es un hombre gordo, muy moreno, con pelo crespo y labios de trompetista.

Mi pesadilla, esta vez, es muy rápida y los hechos se suceden como fogonazos en la pantalla de mi sueño.

Adán González hace una lista de enemigos.

Empieza a encarcelarlos uno por uno, despacito.

Los acusa a uno de faltarle al respeto a la bandera nacional; a otro, de robar fondos de la asistencia pública; a un tercero, de abuso de poder; al cuarto, de ultraje a la figura omnipotente de Adán González.

En mi sueño —esta vez sé que *es sueño*, ya no me dejo engañar—, los acusados por González se defienden.

—Nos ataca para humillarnos.

—Le manda un mensaje a la ciudadanía.

—Nadie está a salvo de mis decisiones arbitrarias.

—Que a nadie se le ocurra voltearse contra mí.

—Que nadie proteste, pedir nadita nadie.

Las familias de los detenidos se quejan.

—No hemos podido ver a mi padre.

—Mi esposo está incomunicado porque es reo de peligro de fuga.

—Yo conozco las celdas; miden dos metros cuadrados, nadie puede sentarse, acostarse sin doblar las rodillas.

—Soy gobernador. Y me quitarán el cargo por el que fui electo.

—Soy estudiante. Me condenaron por participar en una manifestación.

—Soy alcalde. Llevo seis años esperando que me sentencien.

—Somos culpables de traición a la patria, de rebelión, de sedición.

—Estamos inhabilitados.

—Somos culpables.

—Lo dice Adán González.

—Si lo dice él, ha de ser cierto.

—Y que viva don Adán González.

25

Regreso con Ele como el sediento llega del desierto a su oasis. Sólo que ahora tengo miedo. ¿Me habrán seguido? ¿Sospechan? ¿Qué sabe Góngora? ¿Qué saben sus sabuesos?

Empiezo a ver caras sospechosas donde antes sólo veía miradas inocentes. Atribuyo movimientos de espionaje personal en actitudes que antes me parecían "normales".

¿Por qué se ponen anteojos oscuros todos mis colaboradores?

¿Por qué regreso con Ele, poniendo en peligro a mi amor? ¿Me vigila Góngora? ¿Sabe de mis amores secretos? ¿Para qué regreso? ¿Sólo para decirle: "La situación es muy peligrosa. Más vale que dejemos de vernos por algún tiempo"?

Sólo que no sé si esto es cierto.

Nunca le he mentido a Ele. Ele conoce con detalle mi vida, mis sentimientos, mis temores, mis deseos. Amo a Ele porque puedo decirle lo que jamás me atrevería a contarle a nadie más. Soy una tumba severa con mis colaboradores. Mi relación con Priscila y su familia es —o ha sido— totalmente convencional.

Ele.

Sólo Ele sabe todo.

Cómo voy a decirle: —Fíjate que no nos vamos a ver por un rato —sin que ella me pregunte, como lo está haciendo,
—¿Por qué?

—¿Por qué, Adán?

—No te lo puedo decir.

—¿No me lo…? No creo lo que oigo…

—No te debo ver. Es por tu bien, te lo aseguro.

—¿Por mi bien? Entonces por qué no me das razones, ¿Adán? ¿Qué te traes?

—No me traigo nada. Te juro que te amo y te juro que no quiero ponerte en peligro…

—¿En peligro? Yo me sé defender.

—Mira, esto parece un diálogo de Rorschach. Acepta mis razones y…

—Es que no me das razones. Sólo me dices "no puedo verte por algún tiempo". Sólo que eso quiere decir "no voy a verte más", ¿me entiendes?, ¿crees que soy idiota? ¿Crees que antes de conocerte no tuve amores? ¿Crees que no perdí a mis amores? ¿Se te ocurre que tú eres el primero o el único, baboso?

Jamás me ha tratado así. Jamás me ha insultado antes. Lo he dicho y repetido desde el principio: nuestra relación es de respeto mutuo, nos lo contamos todo…

¿Todo? Cuando Ele me increpa —"baboso"—, me doy cuenta súbita de que yo le cuento todo y Ele no me cuenta *nada*. ¿Qué sé yo de Ele? ¿De dónde viene? ¿Qué amores ha tenido? ¿Por qué tanto secreto?

—¿Por qué tanto secreto? —digo de repente.

Ele me mira con asombro. Ruego que no repita mi frase y evite la prueba de Rorschach en la que se ha convertido este maldito encuentro.

Mal-dito. Mal-dicho. In-necesario. ¿Qué me pasa? ¿Qué necesidad tenía de pedirle a Ele que "nos dejáramos de ver por algún tiempo"? ¿Tanto me han idiotizado las circunstancias? ¿Por qué digo (Ele tiene razón) estas *babosadas*? ¿Me ha ganado la partida, aun antes de empezar el juego, el señor Góngora peinado de prestado?

¿Tan dócil soy? ¿Tan tonto?

Iba a desdecirme, no, Ele, es una broma, seguimos como siempre, no ha pasado nada, igual que siempre, ¿ok?

Y no puedo. Nadie puede desdecirse de una imbecilidad que se creía protegida por la franqueza.

No entiendo lo que ha pasado. No sé por qué he venido a decirle a Ele: "no te puedo ver por algún tiempo".

Se me olvidó que para un amante "algún tiempo" es "ningún tiempo": no te volveré a ver. El amante no puede menos que convertir esta advertencia en un asunto límite. Yo sólo quería protegerla de una tormenta que no le concierne, que concierne a Góngora y al uso del poder, pero de ninguna manera a Ele. Lo entiendo muy tarde. Ya metí la pata.

Son palabras que se suceden como cataratas de hiel.

—¿Por *algún* tiempo? Farsante. Di la verdad. "Para siempre".

—¿Para siempre? No te preocupes. Hombres no me faltan.

—¿No me faltan? Toma la lista de teléfonos. Llámalos, cabrón, ándale, haz tú mismo mis citas.

—¿Mis citas? Échale un ojo a mi calendario, ingenuo, para que veas cómo empleo mi tiempo cuando tú no estás conmigo…

—Conmigo. ¿Crees que mientras tú andas metido en tu oficina o celebrando cumpleaños con tu idiota familia yo me quedo viendo el concierto de Luismi…?

—¿Luismi? ¿Luismi te da celos, pobre diablo? ¿Te encela un cantante guapo al que admiramos miles de seres humanos pero con el cual ni de chiste tenemos contacto?

—Con tacto. Con tacto se logra todo. ¿Qué te pasó, Adán? ¿Por qué me das este trato indebido? Tú y yo no somos así.

Sólo esta frase: "Tú y yo no somos así", es verdadera. Lo demás lo invento, lo imagino, tan inesperada es la reacción de Ele a una sugerencia que, vista *a posteriori*, fue una suprema pendejada de mi parte.

—Fíjate que no nos vamos a ver por un rato…

Se lo dije porque a Ele yo se lo digo todo. Y ahora caigo en la cuenta de que cuanto le digo es no sólo *agradable*, sino *compartible*. Eso es: Ele y yo lo compartimos todo y parte importante de esa "sociedad" que hemos creado es que nos lo contamos todo, pero todo lo que nos contamos nos acerca más.

Sólo hoy, sólo esta vez, enfrentado por primera vez al enojo de Ele, me doy cuenta de la verdad.

Yo a Ele le cuento *todo*: mis negocios, mi familia, Abelardo se fue, apareció Góngora, etcétera.

Todo.

Y Ele no me cuenta *nada*.

¿Qué sé de Ele?

Nada.

Estrictamente *nada*.

Ele vive en el presente. *Es mi presente*.

Ele jamás me ha contado de dónde viene, dónde nació, quiénes eran sus padres… o qué hace en sus horas sin mí, aparte de ver la tele e ir a conciertos en el Auditorio Nacional.

Me freno mentalmente.

¿Y yo? ¿Le he contado a Ele de dónde vengo, quiénes eran mis padres, dónde y cómo me crié?

¿Verdad que no?

Es decir que en cierto modo ambos estamos en la misma situación.

Yo no sé nada del pasado de Ele. Ele no sabe nada del mío.

¿Por eso nos llevamos tan bien? ¿Porque sólo vivimos en el presente, para el presente, en una situación ecuánime en la que Ele sabe todo lo que hago hoy y yo sé todo lo que Ele hace al mismo tiempo?

Amantes del momento.

Amantes sin pasado.

Amantes que se lo cuentan todo.

Sólo que hasta *hoy, todo* era lo de *siempre*. No había mayores novedades. Mis negocios se manejaban solos en una situación de bonanza injusta —crecen pocas fortunas, la mayoría sigue viviendo en la pobreza, es la Ley de Dios y siempre nos queda la devoción universal a la Virgen de Guadalupe que trasciende ideologías y partidos, clases y cuentas de banco (o ausencia de las mismas).

Mi familia es lo que es, ninguna novedad allí. El Rey del Bizcocho. La Princesa de la Primavera. ¿Y qué más? ¿Qué sé yo de Ele-pasado? ¿Qué sabe Ele de Adán-pretérito? Nada, optamos por la felicidad del puro presente. Rehusamos las trampas de la biografía, del psicoanálisis, del rumor y del "qué dirán". Nuestra relación lleva tiempo pero empieza siempre *ahora*, en el instante…

Sólo que de repente Abelardo se va del hogar del Rey del Bizcocho para ser "escritor". Y el maldito Adán Góngora irrumpe en mi vida, me propone enigmas, intriga a mis espaldas (su visita a la oficina me lo confirma) y, colmo de colmos, ¡juega *footsie* con mi señora doña Priscila, la Reina del Carnaval!

Me recrimino mi falta de inteligencia. Este no soy yo. Todo lo anterior me ha hecho perder el paso. Debo recobrar el dominio de la situación. Los eventos de la oficina (la visita de Góngora) y del hogar (Abelardo se marchó, Priscila juega *footsie* con un verdugo policial y mal educado que habla con la boca llena y deja que la comida se le escurra a la barbilla) me han sacado de la ruta que sigo y de la persona que soy. Y de mi relación privilegiada con Ele, contagiándole de mis asuntos oficiales y caseros, ¡chingada madre!

Debo recobrarme a mí mismo.

¿Y por qué motivo mis colaboradores me reciben con anteojos negros?

—No voy a permitir que tu persona *consuma* a la mía —me dice con frialdad Kelvinator Ele—. Yo tengo mi propia vida. No intentes cambiar mi personalidad. Siempre huyo de los amantes que tratan de imponerse al otro. Ni lo intentes conmigo, cabrón.

—No hace falta explicar en voz alta los cambios de nuestras personalidades —le argumento antes de salir.

Entonces Ele dice algo terrible. —Si te mato es porque te quiero. Y no te mato porque te tengo miedo.

Y aunque estoy vestido, mira con miedo mi vientre. Y dice de manera desacostumbrada, con la cabecita baja: —Ni creas que tu personalidad consume la mía. Yo no soy tu *consomé*, Adán. Sólo puedo ser tu costilla.

26

Abelardo me pide una cita. ¿En mi oficina? No, le contesto, nadie de mi familia debe entrar a donde yo trabajo. Mantener separados la oficina y el hogar: regla inquebrantable de la vida bien organizada.

En El Danubio de la calle República de Uruguay. Comeremos mariscos, beberemos un buen Undurraga y nadie nos molestará ahora que el restorán se ha dividido en pequeños comedores para atender a la clientela china.

Mi cuñado me cuenta sus cuitas. Lo hace con sensibilidad poética y yo me vuelvo a preguntar, ¿de dónde salió esta orquídea en medio de tanto nopal? Salió corriendo del grupo cerrado y tiránico del escritor y encontró asilo con Rodrigo Pola en el universo de la telenovela después de pasar por la Facultad de Filosofía y la cátedra de Ignacio Braniff. Pero eso, me dice, no llenó su gran vacío sentimental. Las mujeres en torno al filósofo pertenecían a la generación freudiana: todas quieren continuar en la vida su experiencia en el sofá del psiquiatra y su conversación sólo se estimula a sí misma como disquisición psicoanalítica: todo lo que no era psicoanálisis era banalidad y el hombre que no tomase en serio semejante angustia monomaniaca sería no sólo un frívolo, sino, ¡horror!, potente en el lecho. Y ellas no soportan la potencia viril. Temen ser dominadas. Quieren domar al impotente, tratándolo con inmenso cariño, esculcando las razones secretas de su falla sexual: ¿padre, madre, Edipo, Yo

Casta, Él Casto, Tú Casta, Eddy Poe, el cuervo tiene la culpa, cerraron mal el féretro, el gato negro se dejó enrollar?

Manoseado por las chicas Freud, Abelardo buscó el contraste con las chicas de la televisión. Vio los programas, y aunque los diálogos eran estúpidos, algunas muchachas eran no sólo guapas, sino que parecían inteligentes. Él optó, sin embargo, por relacionarse con la fea —o más bien dicho, la falsa fea, la actricita que ante las cámaras usaba frenos en los dientes, trenzas campesinas y decía "pos lo que mande el patrón"—. Seducida a medias, la actriz en cuestión resultó ser una vieja mandona y malhablada, y si Abelardo se lo hizo notar, ella lo trató de güey que no entendía que una actriz es en la pantalla lo contrario de lo que es en la vida real y bicebersa (así pronunciaba la v). Y si Abelardo quería encontrarse a una chica angelical, que sedujese a la villana con el parche en el ojo... ¡Puras chingaderas!

Después de estos dos fracasos, Abelardo, un hombre joven necesitado de compañía femenina para complementar su vocación literaria desviada, a su vez, por la necesidad de ganarse la vida escribiendo telenovelas, sintió otra necesidad: la de acercarse a Dios para recibir la ayuda divina y salir de las contradicciones que lo asediaban.

Así, empezó a asistir a la misa de las ocho de la noche en la Iglesia de la Sagrada Familia frente a la nevería Chiandoni, que es donde él había hecho su primera comunión (en el templo, no en la heladería).

Ese día se hincó en la tercera banca frente al altar y escudriñó el sitio: le costaba mucho concentrarse para rezar y no había, a esa hora, ceremonia en el templo vacío.

En la primera fila estaba una mujer hincada.

Vista desde atrás, sólo mostraba un largo velo negro cubriéndole de la cabeza a la cintura. La mujer no se movía. Abelardo esperó un movimiento, por ligero que fuese. Ella seguía inmóvil. Abelardo se inquietó. Sintió el impulso de ir hasta la primera fila y averiguar qué le pasaba a la mujer.

Lo detuvo su natural discreción y la regla de cortesía que en una iglesia se multiplica como la Santísima Trinidad.

Aguardó cinco-diez-doce minutos.

La mujer seguía sin moverse.

Abelardo se decidió. Se levantó de la tercera fila y llegó a la primera. Se deslizó al lado de la mujer inmóvil. El gran velo le cubría la cara. ¿Qué hacer? ¿Tocarle el hombro? ¿Preguntarle, señora, está usted bien? O ser discreto, aguardar. Orar juntos en la iglesia vacía. Sólo que, ¿qué rezaba la mujer velada? Abelardo quiso oír. No oyó nada, salvo un murmullo lejano. La acción era igual a la respiración. No era posible distinguir una de otra.

Entonces la voz de su padre don Celestino Holguín llegó intensa a oídos de Abelardo, recriminándole, cobarde, falto de pantalones, güevón, mientras la invisible Priscila gimoteaba desde el altar vacío, cajeta envinada, reyes magos, Insurgentes esquina con…

Abelardo se dio cuenta, en la penumbra de la Sagrada Familia, que él repetía audiblemente las frases de su padre y de su hermana, sin desearlo, impulsado por una misteriosa imitación que se hacía escuchar como para suplir el murmullo inaudible de la beata arrodillada a su lado.

Sólo que cuando Abelardo dijo "Insurgentes esquina con…" la dama en cuestión volvió el rostro velado hacia Abelardo y concluyó, "esquina con… Quintana Roo".

Lo demás es historia.

27

¿Fue cometa? ¿O fue temblor? Adán Gorozpe tiene un recuerdo físico traumático del terremoto de 1985. Aún no se casaba con Priscila y frecuentaba, joven estudiante, la casa de La Escondida en las calles de Durango.

Como en una ganadería, el nuevo cliente era recibido por la vaca máxima que mostraba a las becerritas poniéndolas en fila en la sala.

—El cliente escoge. ¡Coge el cliente!

Había el surtido conocido. Flacas y gordas. Jóvenes y no tan jóvenes. Con chicle y sin Adams. Curtidas e inexpertas. El joven Adán escogió a la muchacha más núbil: una morena clara de pelo largo que le caía hasta las nalgas, un lunar falso junto a la boca, ojos verdosos, boca entreabierta.

¿Cómo te llamas?

Zoraida.

No dijo "para servir al patrón", como las sirvientas de las telenovelas.

Zoraida. En el ánimo del joven Adán apareció la imagen de la bella princesa morisca del *Quijote*, descrita por Cervantes como una mujer que llega encima de un jumento, cubierto el rostro y vestida con una almalafa que le alcanzaba desde los hombros a los pies, gritando ¡no, no Zoraida! ¡María, María! ¡Zoraida *macange*!, que quiere decir no.

Decir *no*. Ser libre.

Sólo decir *sí*. ¿Otra forma de la libertad?

La simetría especular entre la Zoraida literaria y esta jovencita bien real turbó el ánimo de Adán Gorozpe (que soy yo, el narrador en anterior encarnación, porque ser joven es como ser otro) al grado de dudar sobre el propósito de acostarse con una mujer que, a primera vista, le parecía ideal y en consecuencia, intocable. ¿O era sólo un miraje? Zoraida no se parecía a las demás pupilas del burdel y sólo por ser *distinta* era *mejor* y acaso, *virgen* y por eso *intocable*? ¿Sí o no?

Adán (que soy yo o era aquel) buscó en la mirada verdigris de la muchacha una respuesta y sólo encontró el pozo virginal de la estupidez. Entonces le pareció ver a todas esas pobres mujeres que el Adán soltero y solitario, solitario y pobre, frecuentaba para solazar sus angustias varoniles sin mirarlas siquiera, convencido de que gordas o flacas, feas o hermosas, a la hora de apagar la luz daba igual: Adán buscaba y recibía una satisfacción pasajera e instantánea distinta de la masturbación sólo porque era compartida y por ello, en contra de todas las advertencias de los curas, menos culpable que el nefando goce solitario que podía conducir a la locura prematura y a la esterilidad final (le dijeron los curas a otro hombre que era yo).

—No les hagas caso —se reía su profesor, el colombiano fray Filopáter—. Recuerda que te llamas Adán. Eres —serás siempre— el primer hombre. Tu pecado no es Eva. Es la manzana. Y la manzana es la codicia, la rebelión y el orgullo. O sea, es el conocimiento.

Filopáter sonreía, no sé si con sorna o ironía. Diferencia: la sorna es tonta y fácil, la ironía difícil e inteligente, y agradezco a Filopáter estas enseñanzas que en mi vida erótica —secreta con Zoraida como con Ele— me permiten fingirme ignorante para admitir como verdad una mentira enmascarada y al cabo revelarla como tal.

¿Cómo pude relacionar la enseñanza filosófica de un profesor religioso con mi relación sexual con la mujer Zoraida? Admitiendo que la ironía es la manera de disminuir lo que no soportaríamos, es decir, la *verdad*. Aunque el juego no termina allí, ni siquiera se inicia, sino que ironizamos para admitir como verdad una mentira enmascarada a fin de revelarla, al cabo, como tal. Porque hay demasiadas mentiras que pasan por verdades.

Explico el origen de mi propia personalidad, la que ustedes han visto en acción en mi despacho, en mi hogar y desenmascarado, con Ele. Sólo que ahora se aparece en mi vida el siniestro hampón Góngora disfrazado de agente del orden y ello exalta mi propio sentimiento de la ironía como movilidad de espíritu contra Góngora y su cara de lagartija y su desagradable movilidad verbal fundada en una especie de cemento interno, obligándome a emplear mi propia ironía como palabra que sepa parecerse a lo que en Góngora no es, ni puede ser, irónico ni defensa contra la simulación: emplear la palabra *a contrario sensu*, disminuir la verdad a fin de darles corto circuito a los absolutos de la vida.

Valoro más que nunca la disposición *irónica* de mi persona frente a la *malicia* de Góngora, sus guiños de lépero, su vulgaridad agresiva. ¿Puedo vencerle con las armas paradójicas de la ironía que domina toda pretensión de poder absoluto —el que encarna Góngora— con el peligro, lo admito, de identificarme con él porque ni él —el malicioso— ni yo —el irónico— tomamos nada en serio? Confío en que mi propia ironía derrote a la malicia de Góngora utilizando mejor que él tres modos de ser.

La codicia. La rebelión. El orgullo.

Las palabras de Filopáter resonaron en la mente de Adán (yo) casi como un mandamiento moral. La codicia, el afán de ganar y preservar, no se refería sólo al dinero, sino a la personalidad, a la situación en el mundo. Y ésta, la situación, no se heredaba: se ganaba gracias a la rebeldía contra los hechos, contra la fatalidad, contra el sitio asignado por esas loterías de familia, fortuna, raza y geografía. Nada: el orgullo consiste en vencer todos esos funestos aciagos y construir un mundo propio en el que el éxito anularía al pecado de la codicia y perdonaría la ofensa de la rebelión.

Que todo esto pasó por la cabeza de Adán Gorozpe (que soy yo, el que narra pero que no soy yo, el que antes fui) es indudable, tan indudable como la celeridad del pensamiento, unido a la velocidad del acto previsto al introducirle el pene a la nada virginal Zoraida. No es esto lo extraordinario, sino lo que entonces ocurrió, sin intervención alguna de Zoraida o de Adán.

Tembló. Fue el gran temblor del 19 de septiembre de 1985, cuando buena parte de la ciudad de México quedó destruida, sobre todo la zona edificada sobre antiquísimos lagos y canales que esa mañana en la que yo yacía con Zoraida regresaron a reclamar su flujo soterrado.

Se movían las lámparas, los techos, los muebles, sonaban los ganchos dentro de los armarios, cayeron al piso las imágenes de la Virgen de Guadalupe en esta recámara y en todas las del burdel de Durango, las vajillas y las vaginas tronaron, los puentes y las rutas se desvanecieron y afuera del prostíbulo la ciudad despertó azorada de sí misma, abiertos los ojos a todo lo que la metrópoli era y había sido, como si el pasado fuese el fantasma dormido de México, el gran Dios del Agua que resucita de vez en cuando y como no encuentra cauce llega agitadamente, sacude su cuerpo capturado entre cemento y adobe, se cuela por desagües y brota por alcantarillas, dejando una estela de destrucción que no es sino el llanto de una impotencia que se recuerda como antiguo poder, y terminada la obra destructiva regresa a su cauce profundo de paz polvorienta.

El caso es que yo Adán Gorozpe, en el acto de cogerme a una bella muchachilla de ojos verdigrises y pelo suelto, quedé apresado dentro de su sexo.

Así tal cual. *Apresado*. La vagina de Zoraida se contrajo con el miedo y la simple sensación de que algo extraño ocurría y yo me quedé prisionero dentro de un sexo convertido en candado.

No sé qué pasó. Por un lado sentí el terror combinado de un terremoto y de una prisión. Yo no era dueño de mi virilidad. Zoraida tampoco de su feminidad. Mi cuerpo de hombre y el cuerpo de la mujer, juntados como los de dos perros callejeros que no logran zafarse, me llenaba de pavor: ¿quedaría yo unido para siempre a la bella Zoraida, la vería, bajo mis ojos, envejecer, ganar peso y canas, acaso morir? ¿Sería la muerte la única liberación posible de esta coyunda carnal? Y ella, ¿me vería a mí, también, envejecer hasta caer muerto entre sus brazos?

Claro que estas eran ilusiones machistas. Ninguna erección dura toda una vida.

Sólo que, en ese momento, la sensación de terror que describo coexistía con un sentimiento de placer infinito, prolongable hasta el final, no del momento, sino del tiempo mismo. Mi placer dentro de la mujer sería, será, eterno. La eternidad sería el placer y ¿quién desea un paraíso mejor…?

Pasaron entonces tres cosas.

Cesó de temblar y los cuerpos se separaron con un suspiro, no sé si de alivio o de pesar. En todo caso, con agonía.

Yo me levanté de la cama y aparté las cortinas. El aire ululaba de sirenas. Había polvo por todas partes y algún sollozo lejano.

Miré hacia afuera. Había temblado. Pasó un astro. La mañana fue violada por un terremoto y redimida por un cometa que seguía la órbita del sol naciente. Su cola luminosa abarcaba a la ciudad, al país, al mundo entero. Apuntaba, sin embargo, lejos del sol en cuya órbita se movía. Quería liberarse del sol.

Yo me alejé de la ventana.

Zoraida había despertado.

Miró mi cuerpo desnudo, primero con una suerte de aprobación dormilona.

Luego, pegó un grito.

28

Adán Góngora continúa su oficio de tinieblas, como diría la magnífica Rosario Castellanos. Ha empezado por vaciar las cárceles que él mismo llenó de malvivientes, mendigos, huilas y rateros.

—Son menos peligrosos afuera —sentenció.

En cambio, dejó presos a los clasemedieros inocentes.

—Como ejemplo. Los privilegiados ya no lo son tanto, ¿eh?, ¿qué tal?

El hecho es que los verdaderos criminales andan sueltos y haciendo de las suyas, mientras Góngora adormece a la opinión pública y a su propia conciencia, ¿qué?, encarcelando y excarcelando a todo el lumpen inocente, a las trabajadoras del sexo (¿qué habrá sido de la bella Zoraida?), dando así una imagen de actividad pública en beneficio de la seguridad que yo juzgo mentirosa, inútil y expeditiva. Lo malo es que la gente cree que porque Góngora hace tantas cosas, éstas son importantes. No es así. Es una gran farsa.

¿Cómo desenmascarar a Góngora?

No piense el lector que cuanto hago nace de un afán de vengarme contra mi maldito tocayo sólo porque le ha dado por enamorar a mi esposa. No: estoy en contra de Góngora porque ha engañado al país. Su represión no afecta a los culpables. Es más: los protege. En la medida en que los criminales menudos van a dar al tambo, los grandes criminales son olvidados y respiran en paz, continuando sus actividades de secuestro, narcotráfico y muerte.

¿Cómo desenmascarar a Góngora? Sobre todo, ¿cómo castigarlo por su gran farsa delictiva sin que aparezca como una venganza mía porque ha seducido a mi mujer? Delicada cuestión que no acabo de dilucidar hasta que el propio Góngora me ofrece, sin proponérselo, la ocasión.

He aquí: Góngora cae en la tentación de ejercer el poder. Que ya lo tiene, que conste. Que hay un poder mayor al de un policía por poderoso que sea, es lo que le falta saber y demostrar.

O sea: Góngora se mete en las hondas y traicioneras aguas de la política. Creo que cree que, dada la corrupción gigantesca de las fuerzas del orden, en las que la mitad de los policías son criminales y la mitad de los criminales, policías, convirtiendo sus "ocupaciones" en tareas intercanjeables, Góngora cree que elevando este jueguito al más alto nivel público puede seducirme y sacarme de mi muy seguro sitio como abogado empresarial con influencia pero sin puesto oficial. Fórmula ideal. No sé si el burdo individuo Góngora la entiende del todo, puesto que una buena mañana llega a ofrecerme una alianza —así le llama él— para llevarme, ¡válgame Dios!, a la presidencia de la República.

Me dice que todos los políticos están quemados. Son inútiles. No saben gobernar. No saben administrar. Enfatiza las sílabas: ad-mi-nis-trar, treta verbal que le conozco de sobra a mi suegro don Celes.

—Se me ocurre una idea —dice desde su chaparrez insólita Góngora.

—¡Ah! —vuelvo a exclamar.

—¿Qué tal si usted y yo, tocayo, apoyamos a un candidato *imposible* para la primera magistratura del país? ¿Qué tal?

—¿Qué tal? —le reviro—. ¿Quiere usted inventar la pólvora?

—No, en serio, qué tal si yo, que soy la fuerza pública, y usted, que es la fuerza económica, nos unimos para proponer a un candidato imposible...? ¿Qué tal?

Lo interrumpo. —¿Qué quiere decir? ¿Imposible por tarugo, deshonesto, o...?

Dudo. Y concluyo: —¿O por impensable?

Góngora trata de sonreír. No le sale. Se pasa la mano por la cabeza, acomodando su pelo "de prestado".

—No, nomás *imposible* para que el *posible* se lo agradezca. ¿Qué tal?

El carrusel mental de Góngora logra, lo admito, marearme. Recupero la lógica.

—¿Y quién sería entonces el *posible*?

—El que mande detrás del trono, ¿qué tal?

—Sabe usted, Góngora, que ya tuvimos un Maximato en el que vivía en Palacio el presidente y el que mandaba vivía enfrente.

—Cómo no. Calles era el jefe máximo y los presidentes sus peleles.

—¿Entonces? ¿La historia se repite? ¿Eso cree usted?

—Niguas, mi licenciado. Nada de eso. Porque esta vez el que ocupa la silla se lo debe no a un solo jefe máximo, sino a dos. ¿Qué tal?

Pausa preñada.

—A usted y a mí. Usted es el imposible para que los dos seamos posibles... ¿Qué tal?

Góngora se retira creyendo que, si no me ha convencido, al menos me ha intrigado y puesto a pensar. Se equivoca. No tardo ni dos minutos en entender que este zonzo se pasa de listo, que las mieles del poder lo han emborrachado, que no sabe con quién trata —con Adán Gorozpe— y que acaso, este Don Juan de las cavernas cree que aliándose conmigo convierte sus amoríos con Priscila, no sé, en un *ménage-à-trois* que no deja de ser un ridículo vodevil.

—A usted y a mí.

—¿Y quién será el presidente?

—Usted, mi licenciado, claro que usted. Faltaba más. ¿Qué tal? Yo no trato de engañarlo.

PS: He citado a comer en el Bellinghausen a Abelardo Holguín. Acude, como siempre. Pero hay en él algo distinto. Algo que no reconozco.

29

Desconozco. Me perturba desconocer. Sobre todo, desconocer lo que creía saber. ¿Por qué usan anteojos negros mis colaboradores? Ya dejé constancia: no voy a rebajarme a preguntarles. Si quieren ponerse caras de cieguitos, allá ellos.

Las relaciones familiares también tienen puestos, si no los anteojos, sí las anteojeras como los caballos para que no se asusten y sigan su trote habitual.

Y la relación erótica con Ele se tambalea feo, feo.

Priscila anda como en una nube. Flota. Sigue diciendo inconsecuencias pero ahora se ve más aturdida que nunca, como si una nueva situación la hubiese empujado a ser tan atarantada como siempre, sólo que antes su falta de causa y efecto era espontánea —parte de ella— y ahora parece, por paradoja, ligada a una razón que trato de explicarme cuando ella sube por la escalera proclamando, los brazos en alto, la bata arrastrada,

—Soy la Reina de la Primavera,

antes de llegar al descanso y propinarle una cachetada a la nueva mucama, que desciende con un altero de toallas.

Otro día, sorprendo a Góngora en la salita de la casa, hincado ante Priscila, como si semejante enano necesitase ponerse de hinojos para declarar su amor: le basta estar de pie para parecer hincado, el pinche zotaco.

Quién sabe qué le estaba diciendo, porque ella susurraba:

—Dime más, dime más…

Escuchar este requerimiento idiota me hace pensar que Góngora y Priscila aún están en los prolegómenos del amor, que él la corteja y ella se deja querer, pero que aún no revuelven las sábanas. Me asaltó la duda: ¿y las mentiras de Priscila cuando desaparece en la tarde? ¿Se acostará con Góngora o tomarán juntos una leche malteada en Sanborns, novios santos como Mickey Rooney y Judy Garland en las películas que suelo evocar con Abelardo?

Sea lo que sea, al oír mis pasos Góngora se incorpora y, como no es tonto, no dice nada, saludándome con cortesía, pero Priscila, la muy bruta, tiene que exclamar,

—Ay, el señor Góngora nomás se amarraba el zapato. Brasil, brasileiro, tierra de samba y...

Miro con desdén el calzado de Góngora y vuelvo a admirarme de que no use tacón cubano.

Yo saludo con una inclinación de cabeza y me retiro pensando que, al fin y al cabo, me importa madres lo que hagan Priscila y Góngora. Allá ellos: no se me ocurre castigo mejor para ambos que convertirse en amantes. Me doy cuenta, con un suspiro, que todo esto me tiene sin cuidado.

Mi verdadera angustia me la da Ele.

Nunca nos habíamos alejado tanto como ahora. Menores son los problemas que se presentan en mi oficina —el misterio de las gafas oscuras— o en mi hogar —la transparente relación Góngora-Priscila.

Ele, en cambio, ha sido *mi vida*. Esto se dice fácilmente pero nadie comprueba la expresión o le da sentido si no *la vive* —valga la redundancia—. La relación tensa y hasta interrumpida con Ele, a causa de mi malhadado exabrupto del otro día, "fíjate que vamos a dejar de vernos por un rato", me pone los pies en la tierra, en el sentido de que, hasta ahora, yo he sido el *triunfador*, ¿me entienden ustedes?, todo me ha salido bien, casi sin quererlo; haga lo que haga, las cosas resultan a mi favor.

Pueden llamarme "Rey Midas" o "Rothschild" o "Trimalción" y hasta difamar mi profesión ("Entre abogados te veas"), pero la verdad es que he puesto esfuerzo en cuanto hago y me doy cuenta de que mi acción sólo consigue el éxito porque hay en ella un elemento no previsto, una coincidencia, una fortuna que me favorece sin que yo la imagine.

Esto se entiende públicamente y qué bueno. Lo que nadie sabe es que yo sí conozco el origen de mi buena suerte. Tiene nombre. Tiene sexo. Tiene voz. Se llama Ele. Sin Ele, todo lo demás se vendría abajo. O si existiese, no tendría valor. No digo nada que los lectores no sepan. Cada uno de nosotros entiende que hay un valor íntimo que le pone precio al valor externo de las cosas. Tener dinero, éxito profesional, amigos, todo lo bueno de la vida se basa, al cabo, en la existencia de una relación amorosa fundamental. Sea con el padre y/o la madre; con ambos; con los hijos; con los amigos más cercanos, con uno que otro profesor (Filopáter). Sin esa *semilla* no crece nada. Querer y saberse querido. Entender que, aun cuando todo falte y el mundo se derrumbe, nos quedemos en la calle, *lo que sea*, tenemos el *suelo* del cual volver a partir. Cada ser humano es una isla, dice el dicho inglés —*each man is an island*—, y en esa isla nos acompaña un ser querido. Sin ese ser, vivimos solos. Los Robinsones no se dan en rama; la mayoría dependemos del cariño básico de una, dos, cinco personas. Pero con que una sola nos quiera, no pereceremos del todo.

Describo mi relación con Ele. Lo hago con tono insólito en mí, cercano a la confesión, y la confesión la inaugura nada menos que el paciente Job, se confiesa ante Dios y al hacerlo escribe su propia biografía. Que convierte la vida en ficción para *impresionar* mejor a Dios y, de paso, a la audiencia mundana a la que dice no aspirar y a la que, sin embargo, de forma tácita, apela: Escúchenme, soy Job, el alma del dolor y de la paciencia.

¿Cómo confesarse ante el mundo? ¿Gritando? ¿Articulando? ¿Imaginándolo? ¿Dejándoles a *otros* la tarea?

Leí con Filopáter a Lucrecio y aprendí que si Dios existe, no le interesan para nada los seres humanos (andar diciendo esto le costó caro a Filopáter, que además añadió la herejía de Platón: si Dios existe, perdemos las esperanzas porque los dioses sólo favorecen a la humanidad cuando pierden la razón).

Un dios loco y un individuo pecador, ¡vaya parejita! "El alma es demasiado estrecha para contenerse a sí misma", reza San Agustín. Es por ello que debe crear una recámara de la forma amplificada de la expresión que consiste en *confesar*, un género inimaginable para un griego que buscaba la armonía de la verdad, no su deformación voluntaria por un corazón apresurado como el mío. San Agustín escoge para ello a la memoria, una memoria amarga, e incierta para recobrar —dice— lo que ha olvidado.

Por eso yo no soy santo. He decidido *carecer de memoria* y es tiempo de que el lector lo sepa. Lo que recuerdo no lo deseo. Lo que deseo no lo recuerdo. ¿Por qué? Acaso porque toda biografía, me dijo un día Filopáter, tiene el propósito de presentarse como algo verdadero, no ficticio. La biografía sería obra de la razón, no de la emoción, tormenta que el biógrafo debe dejar atrás.

La ciudad de San Agustín es la ciudad de Dios. Era la ciudad del padre Filopáter. Yo vivo en la ciudad del hombre, donde un policía llamado Adán Góngora se hinca ante mi esposa Priscila Holguín y ambos ignoran, en y con sus actos, lo que yo sé. Que el corazón tiene sus razones y la razón las ignora. Que el corazón quiere escapar de sus prisiones y que Góngora vive en la cárcel del racionalismo más pedestre, equivalente real de las cárceles de San Juan de Aragón y de Santa Catita, a donde van a dar los prisioneros de este neo-gongorismo policial que ignora que el corazón tiene su propia historia y que esta historia personal no puede ser agotada por la biografía, por la filosofía o por la política, porque su propósito, increíble, imposible, es nada más y nada menos que la recuperación del Paraíso.

La recuperación del Paraíso…
La recuperación del amor de Ele.
¿Qué tal?

30

NOTICIAS DEL COMETA:

En la continuada disputa de los cometas, el religioso Güemes (por fin reveló su nombre) alega que cada paso del asteroide ha sido un signo fatídico: 1965, el principio del fin del PRI y de la prepotencia presidencial; el cometa de 1957, el fin del "milagro mexicano" y la pérdida de la ilusión revolucionaria; en 1910 ni hablar: desde la Revolución, Madero entra a la capital, tiembla, pasa el cometa; 1908, el viejo dictador Porfirio Díaz mira el paso del cometa desde la torre de Chapultepec, anuncia que México está maduro para la democracia y pone sus bigotazos a remojar; 1852, el paso del cometa coincide con el fin de la dictadura de Santa Anna y el comienzo de la revolución liberal; 1758, el cometa es la luz presagiosa de la revolución de independencia por venir; 1682, el virrey de La Laguna, conde de Paredes, manda ahorcar en la plazuela de El Volador a Antonio Benavides, pirata de la mar océano que acabó su vida en el altiplano seco, todo por apodarse, frenéticamente, "El Tapado", prueba de que cada pasado contiene su futuro; en 1607 Luis de Velasco hijo es nombrado por segunda vez virrey de la Nueva España; prohíbe la esclavitud de los indios, pero combate a los negros cimarrones del camino de Río Blanco comandados por Yanga, aunque los perdonaría regalándoles una nueva ciudad en Veracruz, San Lorenzo de los Negros: el cometa, esta vez, vino a celebrar tan buen gobierno, alega Güemes; en cambio, en 1553, el cometa coincidió con la terrible inundación de la ciudad de México, demostrando que su paso lo mismo celebra las felicidades que augura desgracias; y en 1531 (culminaba el hombre de fe su habitual discurso) aparecieron al mismo tiempo el cometa y la Virgen: se acabó el paganismo; mi señor don Vizarrón, triunfó la fe, sí, contestó el científico, Vizarrón, quien no se quiso quedar atrás revelando, como el religioso, su nombre, sí, sólo que en 1508, cuando no había cristianismo en México ni mochos de su calaña, mi señor don Güemes, el meteoro llegó acompañado de rayos y centellas, los templos aztecas ardieron, las marejadas agitaron nuestras aguas, el viento unió sus lamentos al dolor de la Llorona que cada noche pasaba gritando por las calles de la ciudad, ay mis hijos, ay mis hijos…

—Prueba de lo que digo: anuncio de que ya venía Cristo —exclama el religioso.

—Trampa, trucazo —se ríe Vizarrón—. ¿Qué une a todos los cometas? Se lo digo: no es la historia, es la física. El cometa está en la órbita elíptica del sol. Está hecho, señor mío, de hielo y roca. Produce una envoltura gaseosa. Tiene un largo de un millón de millas. Eyecta estrellas particuladas. El cometa es obra del sol. Pero no refleja la luz solar. Refleja la radiación solar, que es distinto, emite su luz propia. Luz pasajera, mi buen señor. El cometa se vaporiza cerca del sol. Deja de existir.

—Pero coincide con hechos históricos, es una manifestación visible de la coincidencia de la fe con los hechos…

—Es usted quien reúne historia y milagro, milagro y cometa. Sépalo: hay nueve cometas cada año. ¿Qué me dice? ¿Qué me cuenta?

Nada, sino la voz del jardinero de Adán Gorozpe (ese soy yo, el narrador), centrado mientras trabaja:

"Cometa, de haber sabido / Lo que venías anunciando / Jamás habrías salido / Por el cielo relumbrando / No tienes la culpa tú / Ni Dios, que te lo ha mandado".

31

Busco por dónde derrotar a Góngora y una simple llamada me da la solución.

El diminuto jenízaro viene a visitarme, quién sabe con qué avieso propósito. Yo me encuentro con uno de mis consejeros al que he pedido que permanezca a fin de indicarle a Góngora que entre nosotros los secretos no valen. Lo que él quiera decirme, que lo diga ante testigos. Se acabaron sus pequeñas intrigas palaciegas, que si vamos a gobernar los dos, que quién va a ser el número uno y quién el número dos, que si el número uno es la tapadera del número dos o que si nos vamos a tratar como iguales, sólo que yo, el civil, soy más convincente como Jefe de Estado que un militar, el militarismo se acabó, el presidente tiene que ser civil, etcétera, etcétera.

Como digo, he pedido a un funcionario de mi oficina que esté presente en el encuentro con Góngora. A ver si se atreve a proponer movidas chuecas en presencia de terceras personas.

Entra el liliputiense y disimula su disgusto de que otro individuo esté presente.

—Don Diego Osorio —introduzco a mi colaborador. —Don Adán Góngora.

Éste hace un gesto de "buenas tardes" como despedida a mi colaborador, quien, obedeciendo instrucciones, vuelve a tomar asiento ante la visible incomodidad de Góngora.

Pasa un ángel. Mi colaborador le ofrece un cigarrillo a Góngora. Góngora se niega. Mi colaborador se lleva el cigarrillo a la boca y alargando el brazo para ver si funciona, prende su encendedor cerca de la cara de Góngora.

La llama roza apenas el carrillo de Góngora. Pero Góngora grita.

Un grito espeluznante, de agonía, terror, exorcismo, miedo, miedo, miedo.

El hombrecito se incorpora. No puede evitar el gesto: alarga los brazos como para protegerse de la inocente llamita del encendedor.

Es la figura del terror.

Lo miro. Nos miramos.

Góngora, en sus ojos, delata la furia por haber sido descubierto en acto de debilidad. Mi colaborador apaga el encendedor. Entiende mi mirada. Entiende mis gestos. Enciende el aparatito de nueva cuenta. Juguetea con él. A una indicación silenciosa de mi parte, lo acerca sin disimulo al rostro de Góngora. Góngora me mira con un odio intenso. Alarga la mano. No se atreve a apagar él mismo el origen de su terror. Esconde la mano. Se tapa los ojos con la otra mano. Pierde toda compostura. Nos da la espalda. Sale rápidamente de mi despacho. Mi colaborador vuelve a ponerse el antifaz negro que tuvo la amabilidad de quitarse a favor de la normalidad ante Góngora. Gracias, Diego.

Pero, ¿por qué siguen todos de anteojos negros?

32

La escena descrita me devolvió, señores, la confianza que temí haber perdido en los vericuetos que aquí he descrito. Todo parecía confabulado para desconcertarme. Los anteojos negros de mis funcionarios. El renacimiento romántico de mi pobre Priscila. La aparición del amenazante militar Adán Góngora.

Y sobre todo, mi relación desafortunada con Ele.

Esto último es lo que más me preocupa. Puedo pasarme de colaboradores, esposa, frígidas amantes; puedo pasarme de todo, menos de Ele.

Debato a solas: ¿Debo conciliarme conmigo mismo antes de regresar con Ele y decirle lo que sólo puedo decir si antes me lo digo a mí mismo?

¿O debo apostarle a la espontaneidad del encuentro y presentarme ante Ele, por así decirlo, desnudo, como el primer hombre en el primer día: Adán y Ele?

Yo mismo, lector que me acompañas, no sabría, ahora, distinguir estos dos momentos. Se confunden en mi ánimo. Con razón, pues en verdad son un solo momento y en términos taurinos llegó la hora de la verdad.

Ele: tú me has aceptado como un hombre orgulloso. Lo aceptas porque sabes que, a diferencia de la mayoría, mi orgullo no se basa en la arrogancia o el narcisismo. No sé si uno u otro merecen, por lo demás, el nombre de orgullo. La arrogancia no pasa de ser una pose vacía para consumo de los demás. No sale del alma del arrogante, y sólo tiene un propósito: impresionar a terceros, humillarlos, sobresalir (y a veces, esconder su propia vaciedad).

Y Narciso, ya sabemos, es un hombre enamorado de su propio reflejo. ¿Es este el referente que más nos identifica, amor mío? Un hombre joven y bello está condenado a no verse, sólo a ser visto. Es la consecuencia de su origen: los dioses le dieron el amor de todo y para todo, salvo el amor de sí mismo. Narciso es un condenado que posee pero no posee. Su amante, por eso, es sólo el Eco. Una pura repetición del grito ajeno.

Está solo, Ele, su voz es el eco de otro eco. Y su amante, Narciso, posee la antigua promesa de llegar a viejo a condición de no verse nunca a sí mismo. Él no sabe que esto es un privilegio divino, envejecer y envejecer, pero sin nunca ver el reflejo del paso del tiempo. *Saberse* viejo quizás, pero jamás *verse* viejo.

El precio es no querer a nadie. Ser querido pero no querer. Ser amado por un eco, una mera repetición. ¿Por qué, si dicen que soy tan bello, no me puedo ver ni puedo querer? ¿Por qué soy sólo querido por un eco? ¿Quién soy?

Tú lo sabes, Ele: ni arrogante ni orgulloso, curioso apenas pero apenado por la curiosidad, Narciso se ve a sí mismo reflejado en el agua de un manantial urgente. Se enamora de su propia imagen. Se vuelve prisionero de sí mismo, de su apariencia, de su reflejo. Imagina la angustia de Narciso, Ele, descubrir la belleza y no poder poseerla porque la belleza es sólo un reflejo en el agua y ese reflejo es él, el propio Narciso, un líquido inasible e intocable...

El orgullo es una manifestación de la dignidad. La cosa más egoísta de la dignidad, si les parece, pero no la menos importante: quien es digno puede ser orgulloso, aunque el digno puede ser modesto y siempre me he preguntado si la modestia no es otra forma, disfrazada, del orgullo. La modestia llevada a la situación de la humildad puede esconder un orgullo diabólico que sólo espera su ocasión para manifestarse, desnudo pero con cola de diablo.

Digo lo anterior para presentarme ante Ele con un sentimiento no sólo de mi propio valor, sino del valor de mi pareja erótica.

¿Hasta dónde, para recordar nuestra relación, debe cada uno ceder ante el otro?

¿O no se trata de ceder, al menos abusivamente, sino de conceder, cuando mucho, sin decir palabra, ausentando todo sentimiento de victoria, o de derrota mediante un *gesto* de acercamiento, un *movimiento* de cariño, una *actitud* que diga "aquí no ha pasado nada" (sabiendo que algo pasó) y volvamos a ser los de siempre?

¿En verdad? ¿Permite una *absolución* de faltas anteriores empezar de nuevo una relación como *nueva* relación, o debemos Ele y yo, desde ahora y para siempre, soportar el tiempo de la resignación con el horario de la ausencia?

Quizás evito lo más sencillo y directo: Ele y yo nos queremos. Ele y yo nos necesitamos. En la exaltación del pleito, Ele dijo que no, que Ele sí tenía pasado, vida propia, que no me necesitaba. Yo nunca le dije cosa parecida. Ello no me autoriza a presentarme, ahora, como la parte ofendida. Tengo que asumir el bien de compartir como parte del mal de perder.

No sé si me engaño a mí mismo pretendiendo que todo aquello implica por necesidad arrogancia o narcisismo. Acaso la manera de pasar por alto este peligro consiste en ser con naturalidad perseverante, si es que la perseverancia es homenaje implícito a la persona amada y no insistencia grosera ante la persona que nosotros deseamos, y ella, no. Confío en que mi posición sea la correcta.

¿Cómo voy a saber? No me engaño. Sólo presentándome ante Ele en la difícil postura de admitir lo que pasó pero sin pedir perdón, apostando a que Ele, tanto como yo, desee que volvamos a querernos porque lo sabemos todo el uno del otro.

Hay amores cuya condición es que cada uno sepa muy poco del otro. Estos afectos pueden ser llamaradas de petate o eventos duraderos, porque descubrir a la pareja toma una vida entera. Hasta ahora, mi relación con Ele ha crecido porque siento que mientras más cosas sé, más cosas afirmo y confirmo. ¿Me condujo esta certidumbre a jugar indebidamente con el cariño de Ele?:

"Tenemos que dejar de vernos por algún tiempo", sin darme cuenta de que mis palabras sobraban: todo lo que en un momento me llevó a decirlas para proteger a Ele y salvar nuestra relación de las contingencias políticas y familiares, de las amenazas que se acumulan como nubarrones —Góngora, Priscila, Abelardo, los criminales, las injusticias, la inseguridad, Jenaro Ruvalcaba, la Chachachá, el Viborón, mi suegro, el Niño Dios de Insurgentes, mis colaboradores con anteojos de sol de día y de noche, todo ello resulta al cabo banal, ficticio, pluma al viento—.

Y por poco acaban con nuestro amor.

¿Lo podré reinventar?

PS2: Llamé a la oficina de Abelardo en la tele. Me contestaron: —Ya no trabaja aquí. —¿Por qué? —No sé decirle. —¿En dónde está? —Quién sabe.

33

Ahora conozco el secreto de Adán Góngora: le teme al fuego. Él no conoce el mío. Jamás me verá desnudo. Comienzo un asedio contra él mientras las dudas me asedian a mí. ¿Por qué quiero acabar con Góngora cuando me hace el favor de distraer a Priscila, rejuvenecerla e insinuarle —capacidad que yo perdí hace tiempo—? Ah, si la única función del otro Adán fuese hacer lo que este Adán no quiere ni puede (enamorar a Priscila), lo dejaría en paz.

Lo malo es que Góngora no sólo es el galán de Priscila, sino el guardián del orden, y el orden que protege es una vasta mentira: acusar a los inocentes y proteger a los culpables. Cómo no, encarcela a viciosos menores y a ricos y empresarios. Pero no toca, ni con el proverbial pétalo de una rosa, a los meros meros, los grandes traficantes de la droga, importadores de armas y criminales de la extorsión y el secuestro.

Cuesta admitir todo esto, porque una opinión pública ávida de acción aplaude la acción, sea cual sea, la acción por la acción, diga lo que diga, Góngora evoca las manifestaciones masivas de gente vestida de blanco pidiendo castigo a los criminales. Góngora les da gusto encarcelando a gente de mal vivir y, de paso, a uno que otro millonetas. Como ejemplo. ¿Y la clase media empobrecida? A las *Gorozpevillas*.

El hecho es que los verdaderos criminales no son tocados y el otro hecho es que darme cuenta de esto me ofrece una oportunidad de actuar, y de actuar contra Góngora, que su simple e idiota cortejo de Priscila mi señora no justificaría.

Se me ocurre empezar con una treta para desarmarlo.

Decido pasar por idiota. Convoco a Góngora a mi oficina y le digo que estoy de acuerdo con su plan: ver si podemos tomar el poder con Adán (yo) en la silla presidencial y Adán (él) como poder detrás del trono.

Góngora sonríe con una boca chueca digna de Dick Cheney.

—La verdad, tocayo —le digo acercándome a su aliento infernal—. La verdad es que mi mujer Priscila se ha enamorado de usted.

Quisiera haber fotografiado el rostro de Góngora: sorpresa fingida, intensa satisfacción, tics de tenorio tenebroso. Y cautela cándida.

—No me diga. ¿De veras?

—Se lo digo y mire, no seré yo quien se interponga entre ustedes…

—Qué me cuenta.

—No. El problema es mi suegro, don Celestino Holguín.

—¿Problema?

—Problema.

La risa de Góngora es terriblemente solemne. —Yo no sé qué es un problema. ¿Qué tal?

—Que don Celes es un católico de comunión diaria y golpe de pecho.

—Qué bueno.

—Qué malo. Jamás permitirá que su hija se divorcie.

—¿Cómo lo sabe?

—Porque lo he intentado.

—Ya sé que usted no satisface a Priscila. ¿Qué tal?

—Ni Priscila a mí. Ahí tiene. El problema es que mi suegro no permitiría un divorcio. "El matrimonio es para siempre", suele decir, "un matrimonio sólo lo disuelve la muerte…".

Pausa preñada.

—¿Ha visto usted, Góngora, la recámara de la difunta doña Rosenda, la madre de Priscila?

—Priscila me hizo el favor de…

—¿Se da cuenta del culto al matrimonio que profesa don Celes? ¿Se da cuenta de que jamás permitirá el divorcio de su propia hija?

—Cómo no. A veces pasa por la sala cuando tomo el té con Pris…

—"Vade retro, Satanás, que de aquí nada tendrás".

—Eso mero —Góngora quiso ceñirme con su mirada más turbia y sólo abrió los ojos—. Eso dice en voz alta. ¿A qué se refiere?

—Mi buen señor Góngora: a que nuestro enemigo común se llama don Celestino Holguín.

—Su suegro —dice Góngora con una inconsecuencia que le ha de haber contagiado Priscila. —¿Qué tal?

—Pero no el suyo —interrumpo la ensoñación de Góngora.

—A ver, a ver —se inclina mi tocayo y yo, como quien no quiere la cosa, le enciendo un fósforo en la cara.

PS3: Abelardo me deja un recado. Comida mañana a las catorce treinta en Bellinghausen.

34

Me pregunto, en medio de esta creciente tensión entre la verdad y la mentira, entre la comedia y el drama, si lo que hago se está convirtiendo en lo que *debo* hacer y esto en una defensa de las familias, los alimentos, los techos y las posesiones sobre los cuales y para los cuales yo he hecho —me doy cuenta— *mi fortuna*.

Porque ése no es un don personal ni algo sin atributos. Veo lo que está pasando. La presencia física de Adán Góngora es la prueba de lo que ocurre y me pone a mí en el brete de frustrar al personaje.

¿Cómo?

Quizás haciendo lo contrario de lo que él hace.

Y esto me repugna. Me doy cuenta de que para vencer a Góngora tengo que engañar a Góngora, primero, con razones tan pueriles como las que acabo de dar. Pero la segunda, con actos tan brutales que el propio Góngora no los pueda superar, ni siquiera igualar.

El nuestro es un país de fortunas recientes. Quizás en la época colonial el clero y los hacendados se repartieron el pastel a cambio de proveernos la mesa. Pero a partir de la Independencia, la mesa perdió las patas. Sin el amparo de la Corona española, la nueva república se convirtió en un Rosario de Amozoc, un *Donnybrook*, un *chienlit*, un burdel y o para decirlo en argentino, un *quilombo*, una orquesta sin más música que el reiterado compás de la pata de palo del dictador Santa Anna. Juárez y los liberales derrotaron al orden conservador, al imperio de Maximiliano y a la ocupación francesa. Desde entonces, México lucha por conciliar el orden y el movimiento, las instituciones y el ascenso. Me digo y mendigo (me digo mendigo) los millonarios de mi infancia eran más bien pobretones frente a los millonarios de hoy, pero éstos conviven con una sociedad muy diversa, muy grande, más de cien millones de habitantes luchando por ascender y ocupar su lugar bajo el sol, por las buenas y por las malas.

Soy abogado e inversionista. Conozco a toda una clase de doctores, juristas, arquitectos, profesores, científicos, periodistas, empresarios y hasta uno que otro político que honran al país. Pero también sé de los eternos ritos de la corrupción nacional que suben y bajan de lo más alto a lo más bajo, del águila a la serpiente, del león al coyote. La mordida grande o chica es la moneda de cambio en este trasiego de influencias, guiños y ofertas "que no se pueden rehusar". Del soborno al policía al soborno del ministro. A aquél, para que no te lleve al tambo. A éste, para que no lo lleves al tambo. ¡Ah qué caray!

No: lo malo, lo perverso, lo terrible es la nueva clase criminal que va usurpando poderes poquito a poco, primero en la frontera, luego en el interior, el policía iletrado primero, el político ilustrado enseguida, todo sin intermediación personal: ¿de dónde salen estos nuevos criminales? No son campesinos, ni obreros, ni clase media. Pertenecen a una clase aparte: la clase criminal, nacida, como Venus, de la espuma del mar, de la espuma de una cerveza caliente derramada en una cantina de mala muerte. Son los hijos del cometa. Corrompen, seducen, chantajean, amenazan y acaban por adueñarse de un municipio, de un Estado de la Federación, un día del país entero...

Lo malo, a veces, es que para asegurar lo bueno hay que acudir a lo peor.

Y eso me toca ahora a mí.

Me encuentro, damas y caballeros, entre la necesidad y la exigencia. Hay distingos. Lo necesario se puede aplazar. Lo exigente, no. Para mí, es necesaria una sociedad mejor; más justa. Para lograrlo, la exigencia me dicta una acción brutal, que separe y anule la de Adán Góngora.

El hombrecillo del tufo me da, sin proponérselo, la ocasión. En el fondo de mi mente había ya una advertencia: Góngora es muy listo. Y puede *pasarse* de listo.

Se pasó.

El plan maestro del otro Adán (Góngora *that is*) consiste en ir ocupando los espacios políticos vacíos o abandonados por los gobiernos locales. Él los ocupa con rapidez empleando a la fuerza pública. Cuando los gobiernos se inmovilizan a causa del crimen, el tráfico de armas y estupefacientes o la pura y simple ausencia de autoridad, Góngora manda a gente armada a patrullar los edificios públicos, pone ametralladoras en las azoteas y se propone —lo temo— disolver el Congreso, mandar al paredón a los inocentes y a los delincuentes menores, liberar a los más peligrosos y formar con ellos un ejército, por qué no decirlo, fascista.

¿Es esta la respuesta a los males que aquí señalo? ¿Delirio o razón? ¿Adivino o preveo?

¿Cuánto sé de verdad y cuánto imagino apenas? Digamos que lo visto y lo previsto se reparten la verdad. Sólo que Góngora, ávido de poder pero de poder *calificado*, se me va por las ramas de un templo floral más barroco que Tonantzintla y pone en práctica un crimen que, de una santa vez, mata a dos pájaros de un solo escopetazo.

Aquí es donde le falla la inteligencia, obnubilado por el amor.

Después de hablar conmigo, cree haber descubierto mi lado flaco. Cree que odio a mi suegro don Celes el Rey del Bizcocho. Sólo el suegro se interpone entre Góngora y Priscila unidos y entre Priscila y yo separados. Don Celes no quiere saber de divorcios, "vade retro" etcétera.

Por todo ello, Góngora se dispone eliminar a don Celes para darnos gusto a él y a mí.

Sólo que no hay crimen perfecto. Góngora no lo sabe. Yo sí. Es la diferencia entre un hombre culto (yo mero, con perdón de ustedes) y un bruto ignorante como Góngora (un burro que toca la flauta dirigiendo a una orquesta).

He aquí el plan criminal.

Góngora ordena a su esbirro el Viborón, recién liberado de la cárcel gracias a la intervención de Góngora, matar a don Celes cuando éste, despreocupado y goloso, haga su ronda semanal de las pastelerías de su propiedad. Sólo que el Viborón, en vez de matar a don Celes, mata a un panadero anónimo que hace la misma ronda que el patrón, y al darse cuenta de su error, el Viborón le miente a Góngora inventando que ya cumplió matando a don Celes y que ahora Góngora le cumpla y lo libere *for good*, para siempre, de la cárcel negra de San Juan de Aragón.

Don Góngora se presenta vestido de negro a la casa de Lomas Virreyes para darle el pésame a su presunta novia mi esposa Priscila. Se asombra de la falta de crespones en la entrada del católico domicilio y casi se cae de apoplejía cuando quien le abre la puerta es el mismísimo don Celestino Holguín, vivito, coleando y con cara de pocos amigos.

—Pásele, jenízaro —le dice sin mucha cortesía al perplejo Adán Góngora—. Ándele, que el té se enfría y no se tropiece con los tapetes. Son persas de deveras.

35

Acudo a la comida con Abelardo Holguín en el Bellinghausen. Él ha reservado una mesa para cuatro que sólo ocuparemos él y yo en el lugar elevado del restorán, donde podemos ver y ser vistos pero no escuchar ni ser escuchados. (El dueño se resiste a dividir el restorán en cubículos apropiados a la clientela de fumanchúes).

Hay algo nuevo en Abelardo. Algo flamante, se diría. Él siempre fue un chico elegante. Ahora, la elegancia le relumbra. Esto me choca. No es lo propio de él. Su discreción en casa de don Celes parece disminuida y suplantada por una suerte de brillo extraño. Supongo que trabajar en la televisión propicia estas fachas y lo paso por alto. Pero enseguida recuerdo que cuando llamé a la compañía me aseguraron que él ya no trabajaba allí.

—¿Cambiaste de chamba? —le pregunto sin mucho preámbulo.

—No —sonríe—. La chamba me cambió a mí.

Hago cara de "cuéntame".

Él se lanza a una larga disquisición que en cierto modo da amplitud a su capacidad de discurso literario. He conocido a jóvenes escritores que deambulan perdidos haciendo pininos sin mucho éxito, hasta que un día se dan cuenta de que la literatura no es su boleto, aunque la retórica literaria les da alas para volar a otros nidos menos exigentes aunque más provechosos.

La disquisición de Abelardo tiene que ver con el estado de la República, tema que conozco y ustedes también si han leído estas páginas. Andamos sin rumbo. Hemos perdido la fe en todo. El gobierno no da pie con bola. Los partidos se pelean entre sí y no proponen nada. Los parlamentos son lugares para dormir la siesta, asaltar tribunas y desplegar mantas. Los gobiernos estatales están, muchos de ellos, controlados por el narco o sometidos a la fuerza armada de Adán Góngora. El turismo ya no viene, espantado. El precio del petróleo se cae. La frontera: los migrantes ya no emigran y en México no hay una oferta de trabajo indispensable aunque todo requiere construcción o reconstrucción: carreteras, puertos, embalses, desarrollo del trópico, una nueva agricultura, renovación urbana…

Yo me limito a asentir. Él va más lejos, respondiendo a la eterna pregunta social: ¿qué hacer?

Yo estoy a punto de responder, caso por caso, industria, comercio, etcétera.

Él me interrumpe con cierta inocencia, con un gramo de desdén.

—Programas y más programas, Adán. Los conocemos todos. Todo se queda a medias. Buenos propósitos frustrados por la abulia, la avaricia, el desdén. Si ya tengo lo mío, ¿para qué preocuparme de los demás…? Así piensa mi padre, no me digas que no.

Me mira medio feo.

—¿Y tú, Adán?

Le contesto que yo soy un abogado y hombre de negocios que crea riqueza y da empleo, ahorro y pensión, yo…

Vuelve a interrumpirme: —¿Y el alma, Adán? ¿El espíritu de este país?

De plano, no sé bien cómo contestarle. Ya dije lo mío. Yo creo en la inversión, el trabajo, el progreso, ¿qué…?

—¿Y el alma? —insiste Abelardo—. ¿Qué será de nuestra alma?

La respuesta es grave y no puede ser inmediata. La aplazo. El alma... Vaya... Ya habrá tiempo... La eternidad, ¿no?

En cambio, la situación en mi casa se ha vuelto inaplazable.

Se trata de Priscila, la hermana de Abelardo, la hija de don Celestino, la amante (¿casta?) de Góngora, mi esposa ante Dios y ante los hombres.

Me doy cuenta de que, metido en el enigma, que aquí he descrito, no he visto a solas a mi mujer, demasiado cortejada por Góngora y ausente de mis preocupaciones. Supongo que así seguirán las cosas, hasta su natural conclusión. Sólo que Priscila se me enfrenta esta tarde con actitud salerosa.

—¿Te asombra que ame a un hombre feo?

—No —le respondo con tranquilidad—. Los feos suelen tener más suerte que los guapos, a pesar de las apariencias.

—La rumba es más sabrosa que el son —continúa la inconsecuente mujer.

—¿Qué dices? Sé más coherente, por el...

—Que quiero a un hombre feo, sucio. Que estoy harta de tu pulcritud. Todo en ti es limpio, lavadito, en Jalisco se quiere a la buena, sufragio efectivo...

—Allá tú —trato de dar por concluido este teatro del absurdo.

—¡Soy la triunfadora! ¡Voy por la vereda tropical!

—Eres una pobre pendeja —se me sale decirle.

—¡Vuelvo a ser la Reina de la Primavera! ¡Cantinflas!

—Pues como dice la canción, las hojas muertas se reúnen en el olvido...

—Ya no puedes conmigo —Priscila se expande como un pavo real—. Porque no puedes con tu rival, allá en el rancho grande, allá donde vivía...

—¿Te das cuenta de que Góngora nada más te utiliza?

—Me ama. Me dice que quisiera que yo fuera la piñata de su cumpleaños.

—Para romperte a palos.

—No, para llenarme de dulcecitos.

—Y darte caña.

—Estoy en el puente de mi carabela y llevo mi alma prendida al timón. Los marcianos llegaron ya... me ama.

—Te ama para tratar de hundirme a mí y asesinar a tu padre. Despierta, mi bien, despierta: mira que ya amaneció.

Hay una tensión eléctrica entre ella y yo a medida que nos vamos acercando y ella no sabe si echarse para atrás o mantenerse firme ante mí y por eso sale canturreando el Himno Nacional...

—Te seduce para sacarte secretos, te manipula y te aventará como un pañuelo sucio a la...

—¡Envidioso! ¡Camino de Guanajuato!

—¿De qué, tú?

—El feo es más galán. El feo es más poderoso. El feo me ama.

—¿Y tú?

—En mis divinos ojos de jade adivinas que estoy enamorada.

¿Qué puedo contestarle?

¿Puedo revelarle que Góngora intenta asesinar a don Celestino Holguín? ¿Puedo decirle que el muy bruto fracasó en el intento y en vez se despachó a un pobre vendedor de pasteles que hacía la misma ruta que don Celes?

No lo hago porque sé que ella no me creería.

No lo hago porque sé que don Celes no le permitiría el divorcio.

No lo hago porque se me ocurre que, habiendo fracasado una vez en su intento de matar a don Celes para casarse con Priscila, la segunda ocasión el pequeño hediondo no fracasará.

Debo apresurarme.

Los hechos se precipitan y temo que todo llegue a una conclusión desastrosa. El indicio me lo da nuestro jardinero,

Xocoyotzín Pereda, a quien hallo lloriqueando inconsolable mientras cumple —porque él es muy cumplido— sus tareas detrás de un cortador de césped que se pierde desde la altura de la mansión de mi suegro a una barranca estrangulada por el puro olvido de que bajo nuestros pies crece la yerba y yacen los muertos...

—¡Qué le pasa, don Xocoyotzín! —le pongo la mano sobre el hombro y toco la antigüedad.

—Nada don Adán, nada —responde con una cara de habitual tristeza a lo que ahora se añade otra, novedosa melancolía.

—Ande, cuénteme.

—El Xocoyotito —gime—. El Xocoyotito.

—¿Su nieto? —pregunto con conocimiento de causa.

—No es cierto, señor.

—¿Cómo? ¿Su nieto no es su nieto?

—No, digo sí, era mi nieto... Era mi nieto —llora.

—Xocoyotzín, serénese. ¿Qué pasa?

No se detiene. Mueve el cortador de un lado a otro y me obliga a seguirlo.

Me cuenta: lo citaron a reconocer el cadáver de su nieto Xocoyoncito Pereda Ramos en las afueras del penal de Aragón. Había unos veinte cadáveres expuestos, para que los recogieran los deudos. Cada muerto, con una tarjetita de identificación amarrada al dedo gordo del pie izquierdo.

—¿El pie izquierdo?

—Toditos, patrón. Allí estaba mi nieto el Xocoyoncito sin más nada que un calzón.

—¿No le explicaron nada?

—Sí: que eran guerrilleros del narco capturados y matados en Michoacán y devueltos a sus familiares aquí en México.

—¿Qué hacía su nieto en Michoacán?

—Ay señor, Xocoyoncito nunca estuvo en Michoacán...

—¿Entonces...?

—Estuvo conmigo en la piñata de su hermanita el día que dicen que estaba en Michoacán.

—¿Entonces?

—Puras mentiras, don Adán. A mi nieto le colgaron una culpa que no es suya. Ni estuvo en Michoacán ni era guerrillero, ¡era reparador de muebles rotos, todo el día en su taller!

Recuerdo que en Colombia se dio el caso de los llamados "falsos positivos", o sea ejecuciones extrajudiciales de jóvenes presentados como guerrilleros con el propósito, mortalmente estadístico, de demostrar que la fuerza pública actuaba con eficacia contra la guerrilla. Cuando no se capturaban guerrilleros, se improvisaban cadáveres de jóvenes inocentes y se presentaban como "guerrilleros" —como eran jóvenes muy humildes, se los devolvían a sus familias. ¿Quién iba a protestar? ¿Quién iba a demandar? Mi jardinero tampoco—.

—Con que me devuelvan a mi muerto me basta, don Adán.

No sé si tuve una revelación o si, simplemente, se juntaron las fichas del tablero para aclararme que Góngora necesitaba justificar su puesto con una suma de cadáveres, así fuesen de muchachos inocentes. Si a esto añadía yo —mi mente ahora supersónica— el castigo a gente de clase media inocente y a los paganos de siempre —payasos, putas y putos, cantantes callejeros, etcétera, así como raterillos menores, vagos y mendigos—, llegué a la conclusión de que aunque Góngora encarcelara a gente terrible como los hombres de San Juan de Aragón y las mujeres de Santa Catita, en realidad nada hacía para combatir en profundidad el crimen: daba la impresión, escogía a víctimas "selectas", le daba gusto a la opinión pública y dejaba intactas a las organizaciones criminales, a sus jefes y a sus...

Se me iluminó el coco y entendí lo que a mí me tocaba hacer para derrotar a Góngora.

Y ese algo era tanto o más perverso que cualquier acto atribuible a Góngora.

Sólo que yo actuaba en nombre de la justicia.

36

Es difícil que mi cuñado Abelardo Holguín me niegue un favor. Aplazamos la conversación que terminó con la pregunta, ¿y el alma? pero prometió reiniciarse con la respuesta, el alma…

Digo que Abelardo no puede cerrarme la puerta, no sé si porque siempre contó con una sola amistad —la mía— en la casa hostil de su padre o si porque le he seguido en todos sus pasos desde que se fue de la cárcel familiar de Lomas Virreyes, intentó suerte literaria y no la obtuvo, se presentó con don Rodrigo Pola y se inició como telenovelista y ahora…

Me citó en un restorán y me habló del alma. Yo le hablé a la televisora y me dijeron "ya no trabaja aquí".

Tuve la buena idea de regalarle un Palm Pre último modelo cuando se fue del hogar, para no perder el contacto con el único miembro lúcido de esa familia de tarados. El Palm Pre es un *smartphone* o teléfono listo preparado por casi trescientos ingenieros para ganarle la partida a la competencia celular. Y lo logró. La ventaja es que aún no llega a México, lo cual me ofrece una capacidad secreta de comunicación sin interferencias oficiales o extraoficiales. Decido compartir mi Palm Pre con Abelardo. No mido las consecuencias.

—Te llamo para concertar una cita. Creo que debemos hablar tú y yo.

—Tú y yo y ella —me responde.

—Y ella —acepto sin más, no me agradan más misterios que los míos—. ¿En dónde?

—El Zoológico de Chapultepec.

Desde niño no regreso al zoo de la ciudad y sin embargo paso al lado todos los días en mi trayecto entre la casa de Virreyes y la oficina de Reforma. Tan lejos, que no me llegan esos olores hondos y concentrados de animal que ahora me reciben al entrar al espacio vegetal del bosque.

Olvidaba el olor pungente, olor de olores, del zoológico metropolitano. Me doy cuenta de que es el aroma combinado de todos los animales que aquí habitan lado a lado pero separados del público por rejas, barrotes y fosas y de otros animales por fronteras igualmente insuperables. Sé muy bien que hay animales que atacan a otros animales tanto por instinto como por necesidad: los grandes se comen a los chicos. Y los grandes —gorilas, osos, leones, tigres— conviven entre sí. Pero nos atacarían a nosotros, que no somos chicos, sino diferentes, bípedos, dizque racionales, parlantes en todo caso. Si nos viesen.

Porque, sobre todo, somos mirones. Venimos al zoo y los vemos. Les tiramos cacahuates a algunos. Les hacemos caras a otros. Imitamos rugidos. Nos rascamos con alegría como los monos. Agitamos los brazos como si fueran alas de pájaro, y nos damos cuenta de que sólo nosotros miramos a las aves y bestias. Ellos no. Nunca nos miran. Les somos indiferentes. Y eso que somos sus carceleros. El tigre se mueve con ligereza. Hace que el aire tiemble. Anda por la celda como si no hubiese nadie vivo a su paso.

El caso es que frente a la gran jaula de los tigres me espera la pareja.

A Abelardo lo reconozco.

A la mujer que lo acompaña, no.

Ella me da la espalda, absorta en la contemplación del tigre. Abelardo me tiende la mano. La mujer se voltea a mirarme. Yo no la puedo ver a ella. Un espeso velo le cubre las facciones. Un velo impenetrable; no deja ver nada y su voz deberá traspasar una cortina para llegar hasta mí y darme, a la manera provinciana, su nombre y su gracia.

—Sagrario Guadalupe, a sus órdenes.

¿Sagrario Guadalupe o Guadalupe Sagrario? ¿A qué obedece la costumbre, tan extendida, de dar el apellido antes del nombre de pila? ¿O al revés, confundiendo el orden alfabético y los libros de teléfonos?

Sagrario Guadalupe. Guadalupe Sagrario.

Toda de negro. No sólo el velo. Lo primero que llama la atención sería un ropón monacal o, más bien dicho, monjil, o mejor dicho, sí, monacal, medias negras, zapatos negros sin tacón. Sólo las manos, sin guantes, la delatan. Son manos de mujer vieja. Manos huesudas, de venas muy azules y resaltadas, dedos artríticos que toman mi mano sólo para retirar la suya, como si temiese que en ese contacto se delatara todo lo que lo demás oculta.

Miramos a los animales. Hay más de tres mil en el Zoológico de Chapultepec. Una ciudad aparte.

37

NOTICIERO FINAL

Continúa la discusión pública acerca de los cometas. El científico Vizarrón nos proporciona datos sobre la historia del fenómeno remontándose a Aristóteles, quien por primera vez se refiere a ello, calificándolo de "expectativa llameante". Ignoramos si la palabra precisa no es "expectativa" sino "esperanza", como reclama el sacerdote Güemes insistiendo en darle una connotación espiritual a la ocurrencia física.

El doctor Vizarrón detalla la historia científica de los cometas a partir del Estagirita, pero el sacerdote lo interrumpe señalando que las repetidas apariciones del cometa son señales de la Divinidad, enojada por algún motivo terrenal que frustra el proyecto divino. ¿Qué tiene que ver el proyecto divino, responde el hombre de ciencia, con la previa explicación de Newton: el cometa no es más que una manifestación física común y corriente que llamamos "atracción gravitacional"? ¿Cada cuándo aparece un cometa?, pregunta entonces el hombre de Dios. Cada setenta y cinco años. ¿El mismo cometa?, ¿y no es eso prueba de un plan celestial?, usted lo ha dicho, concluye el hombre de ciencia: un plan celestial, no un plan divino. ¿No es lo mismo?, trata el sacerdote de tener la palabra final.

La policía del Estado de Texas en USA está deteniendo y robando a los trabajadores migratorios que regresan a México con sus dolaritos bien ganados o que acuden a depositarlos en cuentas bancarias. A lo largo de las rutas, guardias de la policía detienen a los migrantes y los acusan de trabajar en la ilegalidad. Si el obrero pide ser llevado a la comisaría local para probar a) que tiene permiso de trabajo o b) que va de regreso a México y no piensa volver o c) que le reclamen al patrón y a él lo dejen en paz y en todos los casos d) los policías pasan por alto las razones, pretenden no entender, no hablar español, y en última instancia ofrecer f) —Escoge. Tu dinero o la cárcel. —No soy ilegal. —Pues lo pareces. —Tengo todo en orden. —Te delata la apariencia y aquí las apariencias cuentan. *Pay up*!

Las autoridades del estado de Guerrero dan cuenta de la detención del turista austriaco Leonardo Kakabsa o Cacasa, acusado de asesinar a la joven Sofía Gálvez, sexoservidora en la ciudad colonial de Taxco. El citado Leonardo ya había sido detenido hace una semana, acusado de asesinar a otra sexoservidora taxqueña de nombre Sofía Derbez, alias "La Pinta". Confrontado con los hechos relativos a la muerte de la llamada "La Pinta", el juez decidió que condenar a un hombre joven y guapo como Leonardo por matar a una prostituta sólo lograría darle mala fama a Taxco y ahuyentar el turismo. Liberado, el ciudadano austriaco Kakabsa pronto incurrió en el segundo crimen ya señalado. Detenido de nuevo, declaró que las aludidas sexoservidoras, una vez que prestaron sus servicios se reían de él y de su nombre, haciendo indecentes juegos de palabras. Sin embargo, Kakabsa o Cacasa dijo que no fue esto lo que motivó su criminal acción, sino la insistencia de ambas prostitutas en llamarlo "El Alemán", siendo Leonardo de nacionalidad austriaca. Esta vez, el magistrado local no tuvo más remedio que condenarlo, lamentándose del daño que esta decisión acarrearía al turismo taxqueño. "¿Qué es más importante?", inquirió el magistrado, "¿castigar a un criminal o desanimar al turismo, principal fuente de ingresos de Taxco?". La respuesta se la dio el propio Leonardo o Leonard Kakabsa o Cacasa, al declarar que asesinar prostitutas era en él un hábito desde la adolescencia, impulsado por un sentimiento de asco y de justicia irreprimibles. "He matado y seguiré matando", declaró el inclasificable sujeto al ser entregado a las autoridades de su país en cumplimiento de los tratados de extradición entre México y Austria.

Nota vecina: Al llegar a Viena, el mencionado Kakabsa o Cacasa pidió la gracia de ser llevado a la cripta de la Iglesia de los Capuchinos de la capital austriaca para hincarse ante la tumba de Maximiliano de Habsburgo, emperador de México en el siglo XIX, vecino de la tumba de L'Aiglon, duque de Reichstadt e hijo de Napoleón y María Luisa de Austria, hijo —Maximiliano— de los emperadores Fernando y Sofía y descendiente de una línea hereditaria (e incestuosa) de habsburgos españoles y austriacos, borbones napolitanos y wittelsbachs bávaros. Cuestionado al respecto, Kakabsa o Cacasa explicó que sus actos en México eran sólo una forma de venganza contra el fusilamiento de Maximiliano por los salvajes mexicanos. Las autoridades vienesas, examinando el expediente del sujeto, encontraron dos casos más de crímenes no resueltos, ambos referidos a sexoservidoras llamadas "Sofía". Investigaciones inmediatas revelan que la madre de Leonardo también se llamaba "Sofía". Leonardo o Leonard está siendo vigilado por psiquiatras renombrados (aunque el público los llame Wichtimacher y Besserwisser, El Importante y El Sabelotodo) en el reclusorio de la Wahringerstrasse.

Nota posterior: En la heladería bonaerense ubicada en Las Heras, casi esquina con Anchorena.

Tomás Eloy Martínez habla del asunto Kakabsa o Cacasa como tema de una novela, Sergio Ramírez, escritor nicaragüense, rompe la habitual austeridad de su gesto con una inesperada, amplia y gozosa sonrisa. Kakabsa no es Cacasa, es Sacasa, sonríe. Y cuenta que en Nicaragua vivía un mitómano enloquecido por el incesto que los apellidos imponen a unos cuantos ciudadanos —¿por qué tanto Chamorro, Coronel, Debayle?—.

No es consanguinidad, explica Sergio, es que en Nicaragua los apellidos son lo que los nombres de los santos en otras partes: dan fe de la existencia, son fe de bautizo. Por eso es imposible saber si Sacasa era de "los Sacasa" o un mitómano oriundo de El Bluff que usurpó primero un nombre de la "aristocracia" nica para disfrazar sus innumerables pillerías, como fueron:

Escribir falsos manuscritos del poeta Rubén Darío y luego quemarlos en público, desafiando la cólera colectiva de un público que ve en Darío la razón de ser de Nicaragua: país pobre, poeta rico. Fue encarcelado por desacato y liberado al poco tiempo.

Exigir que a los dictadores nicaragüenses les marcaran las nalgas con hierro —una D gótica— con doble propósito: para ellos, signo de distinción; para el público, letra de identificación. Somoza le dio a Sacasa una sopa de su propio chocolate o más bien un cacao indeleble: le mandó marcar las posaderas con una I de Imbécil que Sacasa anunció como una I de Imperio. A saber...

Distribuyó misales a los niños con páginas de la revista *Playboy* intercaladas, provocando rígidas risillas relajientas a la hora de los oficios. Los misales fueron confiscados por los sacerdotes, quienes los guardaron celosamente entre sus sotanas para verlos de vez en cuando. Sacasa se ufanó de pervertir no a los niños y su sana curiosidad, sino a los curas y su insana represión. Él quería ser conocido —apuntó Ramírez— como Sacasa El Libertador.

Entonces, intervino Tomás Eloy, tu Sacasa es nuestro Sikasky, un astuto criminal porteño cuya treta consistía en quedarse en el lugar del crimen, mudo y con mirada serena, pasando por simple observador del asesinato que él cometía y que la policía no le atribuía porque jamás huía, siempre estaba allí. La dictadura militar, en su momento, lo empleó como el asesino ideal: mataba pero se quedaba. Al cabo, la víctima era acusada del crimen y Sikasky ascendía en el escalafón, muy a su pesar, pues su técnica era ser el criminal presente, visible y por lo tanto no culpable.

Pero se salvó. Lo he visto cenando aquí en Vicente López.

—Claro. Denunció a los criminales del régimen militar. Fue muy efectivo. Dio pelos y señales. Mandó a la cárcel a sus propios jefes.

—Y ahora, Tomás Eloy.

—Mira con gran melancolía desde su mesa de frente al cementerio de la Recoleta y se lamenta de que ninguna de sus víctimas esté allí, entre tumbas oligárquicas construidas sobre vacas y cereales, sino en el panteón de La Chacarita…

—Donde yacen Carlos Gardel y Eva Perón.

—Sikasky no soporta la competencia.

—Dime, Tomás Eloy, ¿tu Sikasky es mi Sacasa?

—Dime, Sergio, ¿tu Sacasa nica es el Kakabsa vienés?

—Dime, Tomás Eloy, ¿el Kakabsa vienés es el Cacasa asesino de putas mexicanas?

—Dime, Sergio, ¿en la literatura puedes comprobar una identidad como en el cine: ese señor que dice ser Domingo Sarmiento es en realidad el actor Enrique Muriño?

—No: Raskolnikov puede ser Peter Lorre o Pierre Blanchar, pero ni Lorre ni Blanchar pueden ser Raskolnikov. Ellos son imagen. Raskolnikov es palabra, sílaba, nombre, literatura…

—¿*Imaginamos* la literatura y sólo *vemos al cine*?

—No: a la literatura le damos la imagen que deseamos.

—¿Y al cine no?

—Sólo al apagar las luces y cerrar los ojos.

—Un helado de dulce de leche.

—En Argentina no se dice "cajeta".

—"Max, cajeta", pedía la Emperatriz Carlota en su chifladura, recordando al mismo tiempo a su marido (al que siempre creyó vivo) y al dulce mexicano (que nadie tuvo la caridad de acercarle).

—Y todo esto, ¿qué tiene que ver con la novela *Adán en Edén* que estás leyendo?

—Todo y nada. Misterios asociativos de la lectura.

—¿Necesidad de aplazar los desenlaces?

—No hay desenlace. Hay lectura. El lector es el desenlace.

—¿El lector recrea o inventa la novela?

—Una novela interesante se le escapa de las manos al escritor. Más bien…

—¿En qué parte de la novela vas?

—¿De *Adán en Edén*? En la parte donde Adán Gorozpe y su cuñado Abelardo Holguín se echan *toritos* sobre el boxeo.

—¿Qué dicen?

—Te leo:

"—¿Quiénes reglamentaron las peleas de box?

"—Jack Broughton en 1747 más o menos, y el marqués de Queensberry en 1867…

" — ¿Quién fue el primer boxeador profesional?

"—Un judío inglés llamado Daniel Mendoza. Todavía no usaban guantes.

"—¿Quién usó guantes por primera vez?

"—El ya mencionado Jack Broughton. Pero quien popularizó el guante fue Jean Mace, pugilista inglés.

"—En cambio, John L. Sullivan prefería pelear a puño limpio.

"—Socialmente, ¿para qué sirve el box?

"—Para ascender. De ignorante irlandés o de barrio italoamericano o de esclavo negro…

"—Joe Louis, campeón de 1937 a 1949.

"—Terminó de portero, sin un centavo pero con orejas de coliflor.

"—¿Podemos desviar el ascenso social del crimen al boxeo, cuñado?

"—Pasando por la guerrilla: el campeón filipino de box en 1923 se llamaba Pancho Villa.

"—1923: el mismo año en que fue asesinado nuestro Pancho Villa.

"—No te hagas ilusiones, cuñado. Cuando peleas sin guantes, no debes mover los pies".

38

Ele me llama. Hay desesperación en su voz, no entiendo. Acudo presuroso. Mis colaboradores me miran (o no, quién sabe) detrás de sus gafas negras. El chofer me deja en Bellinghausen, Londres casi esquina con Insurgentes. Mi bebedero habitual. Nadie sospecha. Regulo mi paso de Londres a Oslo. No debo aparecer apresurado. Tampoco un paciente distraído. Espero no ser reconocido; no ser detenido.

Llego a la puerta de entrada del apartamento de Ele. Saco la llave. No hace falta. El zaguán está abierto. Subo la escalera de piedra al segundo piso, al lugar donde vive Ele.

Pasa lo mismo: la puerta abierta de par en par.

No necesito entrar para adivinar, desde el rabo del ojo, la confusión.

Nada está en su lugar. Lámparas arrojadas al piso. Tapetes enrollados de mala manera. Sillas volteadas. Sillones manchados con un líquido turbio y maloliente. La vajilla destrozada. La pantalla de tv con un gran vacío suplementario. Las paredes así como rasguñadas.

Y desde la recámara un sollozo desvalido, tierno, abrupto, intermitente.

Corro a abrazar a Ele. Se encuentra en bata. Entreabierta. Se sienta al borde de la cama, llorando. Abrazo a Ele.

Entraron rompiendo la puerta, armados, no sé con qué armas, no sé de eso, pero eran armas de muerte, armas amenazantes, yo me escondí en el baño temblando de miedo, pero ellos no querían nada conmigo, salvo gritarme a través de la puerta mientras voltearon y destruyeron todo, no me hicieron daño, no me vieron, te lo juro, te lo juro, gritaron, dijeron que el gran daño te lo iban a hacer a ti, que el mensaje era que no volvieras a tomarles el pelo, que no anduvieras matando a los vivos, que te cuidaras porque lo importante no era que tu suegro viviese o muriese, sino que tú fueras el muerto o el vivo, el *vivales*, así dijeron, que no te pasaras de listo, Adán, que no los andes golpeando debajo del cinturón, que te olvides de tu suegro y te ocupes de ti mismo, que tú eres la próxima víctima, no tu suegro, que te cuides, este es sólo un aviso; aquí le dimos una entradita a tu culito santo, es nomás un aviso, primera llamada, primera llamada…

Abracé a Ele y los dos entendimos que, pasara lo que pasara, nosotros seguiríamos unidos. El distanciamiento de las últimas semanas se convirtió en una pausa, un intermedio necesario para refrescar y fortalecer la relación entre los dos. ¿Le debíamos este favor a la brutalidad policiaca de Góngora; habernos reunido? Abracé a Ele pensando velozmente, a) Góngora estaba fuera de sí porque no mató a don Celes y por lo tanto no pudo obtener a su adorada Priscila por vía de la orfandad; b) sólo sin el catolicismo dogmático de don Celes, Priscila se divorciaría de mí; c) sólo divorciada de mí se unirá a un destino peor que la muerte: la vida matrimonial con el horrendo Adán Góngora; d) el asesinato del Rey del Bizcocho se frustró por error de identidades; e) el culpable de la equivocación fue el criminal liberado llamado el Viborón pero registrado en lo civil como Gustavo Huerta Matthews; f) el apellido materno "Matthews" era un disfraz añadido del Viborón, pues su madre era una lavandera oaxaqueña de apellido Mateos que, entrevistada, primero negó ser madre del Viborón y enseguida se soltó llorando por la perversidad de su hijo, consecuencia del abandono del rancho por la capital; g) secuaces de Góngora han iniciado una pesquisa nacional e internacional para encontrar al fugitivo

Viborón, pues Góngora jura que a él nadie lo traiciona y la equivocación equivale a la traición; h) la presidiaria apodada Chachachá, encerrada en la cárcel de Santa Catita, ha negado conocer el paradero de su amante el Viborón; i) lo anterior debe ser cierto, pues la llamada Chachachá fue sometida a rudas interrogaciones y no varió su canción: no sé, no sé, no sé y de postre chinguen a su madre; j) agotada la pista viborónica, Góngora regresó a la avenida Gorozpe; k) ya que don Celestino murió, ahorrando el camino al divorcio de Gorozpe y Priscila y al consiguiente himeneo de Priscila y Góngora, k_1) la muerte de Gorozpe asegurará la viudez de Priscila y su fatal unión con Góngora; l) en consecuencia, Gorozpe debe morir; m) pero antes debe sufrir; n) ¿cómo hacer que sufra Gorozpe?; o) averiguando qué hace fuera de sus horas de oficina, o_1) regresa al hogar, o_2) come en restoranes de la Zona Rosa y el centro, o_3) se pasea por las calles aledañas a Reforma; p) síganlo en esos paseos: ¿a dónde va?; q) a sus órdenes jefe: va en secreto a un apartamento situado en Oslo casi esquina con X; r) ¿quién vive allí? s) la persona que allí vive responde al nombre de "Ele"; s_1) "Ele" ¿qué?; s_2) "Ele" a secas; t) orden: entren al apartamento de Ele, rompan, siembren desorden, asusten, maltraten a Ele sin más; u) que Gorozpe lo entienda como un aviso oportuno.

—Que fue sólo un aviso —dijo Ele en mis brazos.

Me quedé callado.

Ele insistió: —¿Aviso de qué?

Yo dije: —Muy inoportuno.

Doble aviso, acabé explicándole después del amor. Aviso contra mi persona. Si no me divorcio de Priscila, me la convierten en viuda. ¡Jesús! Y a ti, te matan antes para hacerme sufrir más. ¡María y José!

Y allí no termina el asunto. Aparte de las minucias de la vida privada, Góngora se deshace de un hombre cuyo poder le fastidia, un hombre —yo— al cual Góngora le ha hecho confidencias, proponiéndole sucios juegos de poder. Un hombre

—yo— que se ha dado cuenta (con la insustituible ayuda del jardinero Xocoyotzín) de que Góngora falsea las estadísticas de la muerte con su cosecha propia de jóvenes inocentes a los cuales manda asesinar antes de presentarlos como presuntos guerrilleros. Un hombre —el de la voz— enterado de que Góngora encarcela inocentes y a veces a uno que otro culpable, exhibe a éstos y a aquéllos y se gana a la opinión como garante de la justicia, en tanto que entamba a clasemedieros con dificultades hipotecarias y a uno que otro millonetas para darle sabor al caldo y adormecer a la opinión.

—¡Es un genio!

—Pero tú lo eres más, mi amor.

—¿Qué me recomiendas?

—Óyeme. Y no creas que hablo desde la herida abierta.

—Lo más importante, Ele: ¿te vieron?

—No. Me escondí en el baño. Me gritaron.

—¿Les gritaste?

—Cómo se te ocurre. Me amenazaron. No me vieron. No saben tu secreto.

—Y sólo tú, mi amor, el mío.

—Nadie más te ha visto desnudo, ¿no?

—Sí. Pero hace mucho tiempo y la puta ha muerto.

39

Camino del zoológico a la dirección donde me conducen Abelardo Holguín y la dama velada que dijo llamarse "Sagrario Guadalupe, para servir a usted".

—¿A dónde vamos?

—A mi casa —dice la mujer enlutada de pies a cabeza.

—¿Está lejos? —pregunto, temeroso de exhibirme en público en las circunstancias que he descrito.

—No, aquí al ladito —murmura la misteriosa señora.

El misterio no es ella, sino la ruta que seguimos los tres.

—No se preocupe, don Adán. No saldremos del perímetro del bosque.

Y así es. La pareja me condujo hacia una espesa arboleda al sitio que reconocí como el "bosque de los ciegos".

—Cierre los ojos —casi ordenó Sagrario Guadalupe.

—Más bien, aspira los aromas —suavizó Abelardo.

Y sí, con los ojos cerrados olí ciprés y pasto, rosa y ahuehuete, que de repente se transformaron en musgo y sombra, humedad y vejez. Una puerta de sonoridad metálica se cerró detrás de nosotros. Avancé a ciegas hasta que Sagrario le ordenó a Abelardo, quítale la venda.

Abrí los ojos en un aposento pétreo. Todo ahí era duro, impenetrable, como un gran calabozo secreto en medio de la centralidad del D.F. y de mi bosque emblemático. No habíamos caminado mucho. No podíamos estar lejos del zoológico, ni del castillo mismo. Sólo que aquí la sensación de "bosque" y "castillo", desaparecía como aplastada por una masa de metal. Sólo podíamos estar —aventuro, aventurero— en una cueva dentro del bosque, un sitio secreto en medio del parque más transitado de la ciudad.

Tanto Abelardo como Sagrario me detenían de los brazos, como si me fuese a caer, como si me rodeara un precipicio... Me zafé, enojado, de esta precaución inútil. No sabía *dónde* estaba. Sí sabía que *estaba*. Mi carácter no necesitaba apoyos. Donde quiera que me condujese la pareja, yo sabía mantenerme de pie, firme, blindado contra cualquier sorpresa. Muy macho.

Y qué sorpresa me esperaba.

El espacio delante de mí se iluminó y en su centro, elevado sobre una suerte de altarcito, apareció el niño descrito ya por Ele, el muchachito de diez, once años, con su batón blanco y su halo de rizos rubios. Un niño muy cortés —"Bienvenido, señor"—. Un niño que daba miedo. No sólo por su aparición súbita aquí mismo, en la *entraña* del Castillo de Chapultepec, sino por su perfecta simetría con la imagen pública fotografiada en la prensa y descrita por Ele. O sea, toda semblanza de "normalidad" fuera del púlpito público estaba vedada en el espacio secreto. El Niño era como lo dijo Ele, luminoso, y mirándome, como ya lo registró Ele, con autoridad y con amor, un gran amor mezclado con una gran autoridad —"y un granito de amenaza", como dijo Ele—.

Me ubiqué y me atreví a preguntar, recordando a Ele pero imponiéndome a Sagrario: —¿Y las alas? ¿Quihubo con las alas?

El niño rio y me dio la espalda: no tenía alas. Sagrario gimió, se adelantó, le enganchó al niño las alas en la espalda, él se dejó hacer, Sagrario regresó a su sitio al lado de Abelardo y el niño dijo:

—No hace falta, madre. Yo sólo soy un niño de escuela, no un Dios.

—¿Qué quieres conmigo? —de nuevo me les adelanté a mis custodios, me impuse.

—Yo no doy órdenes, señor. Sólo soy un chamaco. Voy a la escuela. Pregúntele a mi madre. Ella sabe.

—Pero tú dices en público que obedeces una orden interna, una orden de tu corazón —recordé a Ele.

El niño se quitó la peluca de rizos rubios, revelando una cabellera negra e hirsuta.

—Yo sólo soy un niño de escuela —repitió desde la penumbra del fondo del castillo, que sólo él alumbraba—. No le tomo el pelo a nadie, señor.

—¿En público sí engañas, sí pretendes ser otro, un mensajero? —espeté urgido de retener al joven enviado ¿de qué?, de algo... ¿de Dios?

—Soy las dos gentes —dijo con gran sencillez—. Soy un niño de escuela. También soy un enviado de Dios a advertir...

—¿Qué adviertes? —traté de dominar la impaciencia de mi voz—. ¿Qué cosa?

—Se acerca la hora —dijo con gran dulzura.

—¿La hora de qué, chamaco?

—La hora del alma.

—¿Qué hora es esa?

—Ahora.

—¿Qué es el alma?

—¡No digas, no digas nada! —gritó Sagrario con una voz temerosa, ¿temerosa de qué?, ¿de que el niño dijese la verdad, de que dijese una mentira, o peor, una tontería?—. ¡No digas nada!

El niño prosiguió imperturbable.

—Hago lo que tengo que hacer.

—¿Quién te manda? —me volví insistente.

—Nadie.

—¿Por qué haces lo que haces?

—No tengo otra... —casi suspiró (casi) el niño y desapareció como vino: en silencio.

40

Mis contactos como abogado y empresario de la era global (mundial, internacional) me acercan a gobiernos y a compañías, pero también a fuerzas políticas y de seguridad. Tengo negocios en las dos Américas, en el Lejano Oriente y en ambas Europas. Y si empleo el adjetivo es porque, para mis propósitos prácticos, la unión de la Europa del Este con la Occidental aún no se consuma del todo. Piensen ustedes: la República Democrática Alemana existió de 1945 a 1988 como aliada externa y limítrofe de Moscú: allí, en la línea que va del Mar Báltico a Dresde, empezaba el Imperio Soviético y su avanzada —su islote— era Berlín, la antigua capital del Reich dividida en cuatro zonas (rusa, británica, francesa y norteamericana) al terminar la guerra caliente y en sólo dos (Oriental y Occidental) al congelarse la contienda. Sólo en 1988, al derrumbarse la hegemonía soviética, las dos Alemanias se unificaron, aunque la "unidad" tardó en consolidarse. Una parte, la del Oeste, era ya una de las principales potencias industriales de Europa y del mundo. La otra, la del Oriente, estaba sometida al retraso impuesto por el poder de Moscú (la República Democrática era tan satélite como Bulgaria) y por el anacronismo de las políticas industriales de otra época, perpetuadas por la escritura sagrada del materialismo histórico, como si la historia no existiese.

El caso, para efectos de esta narración en la que el lector me acompaña, es que numerosas instituciones del régimen comunista supervivieron a la caída de éste, se prolongaron de maneras a veces vegetativas, a veces monstruosamente activas aunque desplazadas. Estas últimas incluían a servicios de inteligencia y de represión anulados por la legalidad democrática pero perpetuados por la tradición autoritaria. Ésta, claro, no fue originada por la RDA o por la URSS. Se remontaba a los orígenes del Reich y su peor penitencia se manifestó durante el régimen nazi: el Servicio de Seguridad, la RSNA o Administración de Seguridad del Reich, absorbió a la policía secreta del Estado, la Gestapo, que en la república comunista se transformó disfrazada por las siglas STASI que, por más que lo intentase, no pudo cobijar bajo un manto burocrático aceptable a todos los órganos de espionaje, delación y fuerza del Tercer Reich.

Yo sabía esto —era del conocimiento común—, aunque nunca me aproveché indebidamente de mi inteligencia. Ahora, enfrentado a la situación de fuerza que aquí he descrito y a los desafíos (de todo orden) del siniestro Adán Góngora, no tuve más remedio que acudir a mis contactos germánicos. En México no podía contar ni con la policía ni con el ejército, no sólo por razón de atribuciones legales sino —peor— por la sinrazón de hechos ilegales.

Así que mandé traer a una tropa feroz, tan feroz que ninguna organización legal de Alemania —las de ahora o las de antes— podía asimilar en la práctica o justificar en la ley. No me atrevo a dar el nombre de esta organización secreta, ni siquiera sus siglas. Sepa el lector que sus miembros no eran —no podían ser— miembros de los grupos represivos que he mencionado. No les hacía falta. Anidaba en ellos una ferocidad mayor mientras más contenida. Eran como águilas enjauladas esperando que se abriera la puerta del zoo para lanzarse a violar, matar, dando pleno vuelo a su afán de actuar contra el enemigo designado con armas peores que las de éste. Su gran disfraz era la capacidad de doblegarse ante el amo, el gran señor, el protector de las hazañas del grupo.

Sí, eran como bestias restringidas por una turbia e inquietante lealtad al amo, al Jefe superior a ellos y por eso, digno de obediencia. Sobra decir que en una sociedad democrática de poderes renovables, semejante "führer" no era posible. De allí el desamparo, el *désoeuvrement* u ocio indeseado de estos corajudos Sigfridos con inteligencia suficiente para no unirse a los grupillos de cabezas rapadas y chaquetas negras, pandilleros adolescentes que acabarían de panaderos de viejos, y no es, claro, alusión a mi suegro.

El grupo de ataque —lo llamaré, pues, para abreviar, los "Sigfridos"— prefirió mantenerse en la sombra, en reserva, acudiendo a la acción sólo cuando la acción les es requerida.

Es mi caso. Lo expliqué vía Palm Pre, con palabras cifradas, a Berlín y Frankfurt. En Alemania estaban muy de acuerdo en soltar de vez en cuando a estos mastines de la violencia, sobre todo cuando eras prolongadas de paz y prosperidad los privaban de acción y no había, por demás, enemigos internos o externos.

Que actuaban, a solicitud de parte, en Irak y Palestina, en Pakistán y Malasia, lo sabía yo. Los Sigfridos, en consecuencia, eran la única fuerza capaz de darle en la mera madre a los detentadores de la violencia en México, a mi tocayo Góngora, al evadido Viborón y compañía.

Dije "águilas". Dije "bestias". Recordé mi visita al zoológico de Chapultepec. Debí decir *tigres* haciendo —los recibí en el aeropuerto de Toluca— que el aire tiemble —los vi atropellar animales y campesinos en la carretera— no dejando nada vivo a su paso. Como los tigres, los Sigfridos eran puro instinto. A diferencia de los tigres, los Sigfridos tenían memoria.

41

Observará el lector que todo se reúne, como en un coro, para el final de mi narración. Góngora ha invadido por partida doble mi vida privada. Seduce a Priscila. Agrede a Ele. Mina, también, mi vida pública. Crea una situación en que ninguna instancia me favorece. Su política de ataque y seducción parejas a la clase media —castiga a unos pero satisface a otros— se extiende a la represión de gente sin importancia ni reputación, a la diseminación de "falsos positivos" —muchachos inocentes y humildes asesinados para dar prueba de que Góngora actúa—. Góngora actúa para advertirnos: —Los gobiernos se van, las armas se quedan.

Entiendo esto y para ello mando traer a una brigada de Sigfridos alemanes comandada por Zacarías Werner, un poeta romántico que publica versos y disfraza así su verdadera vocación, que es el espionaje y la violencia.

Digo que entiendo todo esto pero no el accidente del camino, la pequeña desviación que me es impuesta, inesperadamente, por mi cuñado Abelardo Holguín. ¿Qué le ha pasado a este hombre joven, el hermano de Priscila, el hijo de don Celestino? ¿De qué manera ha transitado de niño-bien a poeta-fracasado a autor-de-telenovelas a…?

No sé cómo definirlo ahora que, habiéndome introducido al Niño Santo del crucero de Insurgentes y Quintana Roo, Abelardo me da nueva cita en un Sanborns de Insurgentes.

Tomo asiento frente a él y espero el café con sabor a tinta que le ofrecen a los mexicanos para evitar el café aguado que exigen los norteamericanos.

Le sonrío. Me cae bien. Está loco. Y me sorprende.

—Adán, cuñado, necesito lana.

Pongo cara de pariente simpático pero que exige razones. Sé muy bien que de su padre el Rey del Bizcocho no recibirá un centavo y sé que no ha podido mantener un puesto o recibir un sueldo. Lo vuelvo a ver en la catacumba de Chapultepec… pero no adelanto juicio. ¿Qué quiere con el dinero?

—Adán, tú has visto lo que pasa.

—¿Qué pasa?

—Todo se derrumba, cuñado. No hay concierto. Las fuerzas del orden sólo crean más desorden. No hay autoridad. Los criminales se burlan del gobierno. Los criminales se vuelven, donde pueden, gobierno. Son como Al Capone, exigen sumisión o muerte. Se están apoderando del país.

—Es posible. Quién sabe. ¿Qué me estás proponiendo?

Creo que Abelardo entra en trance. Mira al cielo del Sanborns (como si Sanborns tuviera cielo), y en vez de ordenar unas enchiladas suizas, me ofrece una enchilada azteca: México es un país enamorado del fracaso, todos los revolucionarios terminan mal, los contrarrevolucionarios sólo disfrazan el fracaso, hay un gigantesco engaño en todo esto, cuñado, a veces creemos que sólo la violencia revolucionaria nos salvará, a veces creemos que sólo la falsa paz contrarrevolucionaria es nuestra salud, ve lo que pasa, usamos la violencia sin revolución, la paz sin seguridad, la democracia con violencia, círculo vicioso, Adán, ¿cómo salir de él?

—¿Cómo?

—Por la vía del espíritu.

—Dime —oculto mi escepticismo.

—Todo fracasa —insiste Abelardo—, todo es puesto en duda, el Estado, los partidos, la democracia misma, todo nos infecta, la droga, el crimen, la violencia impune, ¿qué nos puede salvar?

—¿Qué?

—El alma.

—¿Cómo?

Como siempre, continúa con una especie de exaltación serena, casi religiosa: el alma, el espíritu religioso del pueblo, lo que siempre nos ha salvado: la fe, el respeto a la religión, a sus símbolos, a la gente santa.

—¿Santa? —me refugio en un escepticismo nimio, que no ofenda a Abelardo.

—Lo has visto. El Niño Santo. En eso sí se puede creer, en medio de tanto desengaño y mentira. Ve cómo reúne a la gente todas las tardes en el crucero. Ve cómo se junta la gente y deja atrás todo lo que nos amenaza, cuñado.

Que el lector no lo dude. Opongo razones. ¿Qué nos asegura que el Niño Santo de marras puede oponerse y derrotar los males del país?

—La Virgen de Guadalupe —responde Abelardo.

Trato de restarle importancia a esta respuesta. Le recuerdo la discusión en la prensa entre el ateo científico don Juan Antonio Vizarrón y el devoto eclesiástico don Francisco de Güemes. Abelardo me contesta que eso prueba la perseverancia del tema religioso; ¿quién habla de la vicetiple María Conesa la "Gatita Blanca"?; ¿quién recuerda la precandidatura presidencial del general Arnulfo R. Gómez?, ¿quién, para ir más lejos, recuerda cuándo se fundó la villa de El Rosario en Sinaloa?, ¿cuándo se acuñó por primera vez el oro en la Casa de Moneda?, ¿cuándo ganamos la batalla de La Limonada, eh, cuñado, La Limonada?, ¿que en 1665 hizo erupción el Popocatépetl, eh?, ¿que en el terremoto del 28 de julio de 1957 se cayó el Ángel de la Independencia?, ¿que los cometas pasan regularmente por el cielo de México, cometa en 1965, en 1957, en 1910, en 1852, en…? (ya no lo oigo: vuelvo a recordarme apresado entre los muslos de Zoraida, viviendo el terror mayor de todo macho: ser capado, así sea en el instante del placer...).

—Y la Virgen de Guadalupe jamás olvidada, Adán cuñado, presente en medio de todos los olvidos.

Sonrío. —Pero no existe. Supersticiones.

—Sí existe. Mira la calle, Adán.

En la esquina de Insurgentes y Quintana Roo, la gente empezaba a reunirse, en espera de la cotidiana aparición del Santo-Niño. Éste arriba puntualmente, abriéndose paso entre la respetuosa muchedumbre. Sólo que no solo. Quiero decir, viene acompañado.

La reconozco por el hábito negro, de pies a cabeza, salvo las manos de anciana y la mirada dormilona. Subió el niño al escaño de su prédica diaria.

La mujer subió con él.

—Es mi madre —anunció el niño.

La mujer se despojó de la capa oscura y se reveló, morena y dulce, cubierta por un manto azul de estrellas, las manos unidas en oración, vestida de blanco... Las manos antiguas.

Nadie gritó ¡milagro, milagro!, porque los milagros, Sancho, rara vez ocurren y en consecuencia hay que certificarlos con largas audiencias, investigaciones y sospechas de superchería antes de declarar públicamente: esto que habéis visto es *opus sensibile*, que trasciende a la naturaleza porque es obra de Dios que así decide manifestarse, y no resultado de la ignorancia popular, que al aparecer el niño con su madre se asombra y regocija pero tarda en manifestarse, como si dudase entre darle la razón al ateo Vizarrón o al creyente Güemes en la disputa cotidiana en los medios.

Toda duda se evapora, sin embargo, cuando el Niño de diez, once años toma a su madre, la levanta en vilo y la mantiene así, sobre su cabeza, a medida que la muchedumbre se remueve, exclama, al cabo grita:

—¡Milagro, milagro!

Y Abelardo, a mi lado en el café, demuestra su estirpe panadera y racional, explicando:

—El asunto con el milagro es que no lo puedas atribuir a la naturaleza, sino a Dios, y Dios no es naturaleza ni obedece a las reglas de la sociedad. Dios actúa *directamente*, ¿me entiendes?, sin pasar por las causas naturales.

—¿Y? —digo con escepticismo creciente.

—Que la causa del Niño y la Virgen requiere no sólo fe, cuñado, sino dinero. Lana. Morlaca. Pesos y centavos para propagarse. Eso, por desgracia, no lo da Dios.

Me mira, no lo niego, con cierto cariño.

—Por eso necesitamos que nos ayudes. *Cuñado*.

42

De manera, lector, que se me van juntando los asuntos, poniendo a prueba mi capacidad ejecutiva. Bueno, le daré dinerito a Abelardo para que mantenga al Niño y a la Madre. Sólo que mi actividad primaria no se concentra en la manifestación de fe en Insurgentes.

Llega el comando Sigfrido en vuelos de Frankfurt a Sao Paulo a Cancún a Toluca, para despistar. Tengo todo listo para ellos. Las armas. Las instrucciones. Los uniformes.

Actúan rápido. Actúan eficaz. Las máscaras —antigás y antitodo— les ocultan las facciones. Los Sigfridos son casi todos altos y rubios como su wagneriano nombre lo indica. Algunos son muy bajos, casi enanos, y se llaman entre sí los Alberich, pero están al mando de la tropa.

Y la tropa actúa.

Tienen la lista precisa de los criminales mexicanos. Sus casas. Sus familias. Viejos y jóvenes. Ancianos y niños. Mujeres.

Actúan rápido. Actúan duro.

Secuestran a los viejos.

Se roban a los niños.

Asesinan a los hombres.

Los Sigfridos van dejando un reguero de sangre y dolor entre las familias de los grandes criminales. Nadie se salva. Nadie tiene fuero. El mayor. El más chiquito. Todos se quedaron, en un par de semanas, huérfanos, viudos, sin hijos.

Es espeluznante, lo admito.

Este niño amanece colgado de un poste de telégrafo.

Este anciano aparece ahogado en la alberca de su casa.

Se anuncia que esta mujer ha sido raptada —para siempre, para servir a usted. *For good. Für immer—.*

Que en dos semanas no hay un criminal que no haya sentido el crimen en carne propia.

Que los funerales se suceden como un carnaval de la muerte.

Que los cementerios se llenan.

Que nadie identifica a los Sigfridos.

Que si es el gobierno.

Que si son las bandas matándose entre sí.

Que si son venganzas.

Que si son disputas por el territorio, el dinero, el consumo.

Ahora, ahora es cuando le digo a Abelardo, cuenta con el dinero, cuenta, cuñado, pero que esta noche el Santo Niño proclame desde su altar en el crucero de Insurgentes y Quintana Roo que no, no es el gobierno, no se matan entre sí, no son venganzas entre hombres.

—¡Es la venganza del cielo! ¡Los ángeles han bajado a hacer justicia! ¡No se culpe a nadie! ¡La providencia de Dios actúa! ¡Oigan la voz de Dios! ¡Crean en la espada divina!

Y nadie admira más a un Dios que se manifiesta activo, justiciero, acabando a mansalva con las familias de los criminales que ayer nomás secuestraban, asesinaban, pedían dinero por niños muertos de antemano, y ahora son ellos los que mueren, son asesinados y no tienen un centavo para impedir la horrenda acción de los Sigfridos: la muerte de toda una clase. El apocalipsis en persona.

Cuando veo a Adán Góngora colgado patas arriba, como un perro, del poste de teléfonos frente a mi casa, siento que he cumplido una tarea de salubridad. Ahora sí: el poder se le fue a la cabeza.

Cuando veo a mi esposa Priscila asomarse a la ventana de su recámara y pegar un grito de horror (inaudible detrás del vidrio) viendo a Góngora convertido en piñata, apenas puedo ocultar mi satisfacción.

Cuando veo salir de la casa a don Celestino mi suegro, el Rey del Bizcocho, sin mirar siquiera el cadáver colgado de Góngora, llego a admirar el carácter del viejo: por algo he vivido bajo su techo desde que me casé con su hija, ¡viejo cabrón, mi camarada oculto!, ¡mi semejante aunque no mi hermano!

Cuando me siento en el café y le hago entrega a Abelardo del subsidio para que el Niño y la Virgen sigan actuando, pienso que es dinero muy, muy bien empleado.

Cuando miro a la calle y veo al Santo Niño y a la Virgen engañando, una vez más y por los siglos de los siglos a mi país, agradezco la gran distracción de la fe, el engaño milenario que obliga a la mayoría a ir de rodillas a la Basílica de Guadalupe y a la minoría a tener retratos de la Virgen en la recámara, y a unos y a otros, hacerse perdonar sus pecados.

Mis colaboradores se han quitado las gafas oscuras.

Y cuando regreso a casa de Ele y me desnudo con Ele y ante Ele, sólo mi amante y yo, y nadie más, sabemos que no tengo ombligo.

Soy el primer hombre.

43

Cuando don Xocoyotzín, mi jardinero, fue a darse una vuelta por el Zoológico de Chapultepec, se acercó a la jaula del águila y le dio pena. La gran ave rapaz y fuerte, diurna, águila de águilas, águila arpía del trópico con patas emplumadas, revoloteaba desesperada en un espacio reducido. Don Xocoyotzín, hombre del pueblo y hombre de fiar, sintió pena por el ave prisionera y aprovechando la soledad de la noche (que es cuando él camina por las calles) abrió de un machetazo (con esta arma se defiende del peligro urbano) la puerta de la jaula y sólo entonces vio que allí yacía, inmóvil —¿muerta?— una gran serpiente.

El águila, sin siquiera darle las gracias al jardinero, salió volando de la prisión, extendió los gigantescos doscientos dos centímetros de sus alas y voló en busca de su gran aire, el firmamento del día, la altura de la montaña, lejos de los pesticidas, lejos de los cazadores y las escopetas, lejos de la ciudad sin aire...

Don Xocoyotzín recogió a la serpiente y se la llevó a su casa, con la esperanza de reanimarla.

Se le olvidó abrir la jaula del tigre. El animal gruñe amenazante.

Al día siguiente, pasó el mismo cometa que en el año de...

Adán en Edén de Carlos Fuentes
se terminó de imprimir en agosto de 2023
en los talleres de
Impresora Tauro, S.A. de C.V.
Av. Año de Juárez 343, col. Granjas San Antonio,
Ciudad de México